江戸怪談を読む

丹後変化物語《たんごへんげものがたり》と化物屋敷《ばけものやしき》

氷厘亭氷泉／江藤 学／今井秀和／三浦達尋／鷲羽大介／南郷晃子／広坂朋信【著】

白澤社

〈前口上〉

〈さあ入った入った、入れば出るよ、お化けが出るよ、怖い怖いお化け屋敷、大勢で入れば怖くない、続いて入れば怖くない、怖くないけどちょっとだけ怖いお化け屋敷、さあ、入った入った、入れば涼しいお化け屋敷……。〉

縁日の境内に呼び込みの口上が響くお化け屋敷は夏の風物詩ともいわれますが、江戸時代にはこんなこともあったそうです。

文政十三年（天保元年、一八三〇）、品川と川崎のあいだにある東大森村（現在の東京都大田区大森東）に、化物茶屋なるものがあると評判になりました。これを聞きつけた隠居大名、松浦静山侯の随筆『甲子夜話』（続篇巻四十七の一）によれば、その奥庭の離れ座敷の壁には「幽霊やら、川童小僧など、世俗の奇怪と称する体」が描かれ、また異形の品々が置かれていたということです[1]。

代官所の密偵が調査したところ、この化物茶屋は隠居した医師の居宅とのことでした。化物の絵や異形の品は、医師個人の物好きによるもので、それを見物に来た客に医師が茶を振舞っていただけで、特に咎めるような事情は見当たらなかったため、しばらくは放置されていました。しかし、やがて見物人も多数集まるようになり怪しげな風説も流れたことから、風紀上よろしからずということで代官所の命令で化物の絵や異形の品々は取り払われることになりました。

この大森の化物茶屋をこしらえた物好きな医師の名は瓢仙《ひょうせん》（ひょーせん）。松浦静山は事件から数年後にこの瓢仙医師と面会して事情を聴きとっています。それによると、老後を過ごすために手に入れた屋敷の屋根や壁があまりに荒れていたため、修繕するよりはそのまま化物屋敷風に飾って隠居暮らしの楽しみにしようとしただけだったそうです。

大森の化物茶屋は怪異を楽しむために自宅を化物屋敷風にリフォームした例ですが、そもそも化物屋敷は観るものとしてこしらえられるよりも先に物語として語られていたものでした。本書で取り上げるのはこうした物語としての化物屋敷、化物屋敷譚です。化物屋敷譚の面白さは何といっても『稲《いの》生物怪録《うもののけろく》』のように次から次へと起こる怪異のバリエーションでしょう。その点において『稲生物怪録』に匹敵しながらあまり知られていない作品に『丹後変化物語』があります。(2)

本書は医師瓢仙ならぬ絵師氷泉（ひょーせん）による『丹後変化物語』の紹介を中心に日本各地の化物屋敷を紹介します。ただし、本書の取り上げる化物屋敷とは「アミューズメント装置(3)」として造られたものではなく、少なくとも設定上は実話怪談風に語られた物語です。ですから、全くの創作というわけでもなさそうな部分もあります。『丹後変化物語』の舞台となった田辺城下（現在の京都府舞

写真 0-1　田辺城門（舞鶴公園入口）
（写真 0-1 ～ 0-4 撮影＝白澤社編集部）
門前右手はご当地キャラゆうさいくん。

写真 0-2　現在の伊織殿橋（跡）
水路は城側の写真左手から海側の右手へ流れている。

鶴市西地区）を訪ねると、物語の中に出てくる朝代神社や愛宕山があり、登場人物の一人、川瀬伊織の名を冠したと思われる伊織殿橋もありました。

江戸時代の地図に伊織殿橋と書かれたあたり(4)を訪ねていくと、そこは国道二七号線大手交差点の角で、田辺城址の方から海へ流れる水路（堀）がいったん途切れて暗渠のようになっています。このあたりにかつて伊織殿橋と呼ばれた橋があり、その西側は町人地で、橋を渡ったところに川瀬伊織の屋敷があったと伝えられているそうです。こここそが川瀬氏の後、津田氏が住んで妖怪変化に遭遇することになった屋敷の跡、『丹後変化物語』の描く化物屋敷のあったとされる場所でした。

もちろん『丹後変化物語』(5)には幾人もの人の手で加筆・編集された跡があり、その内容は史実に沿ったものではありません。物語のほとんどはフィクションだと思われます。しかし、コラム「丹後地方に伝わる化

写真 0-3　朝代神社

写真 0-4　円隆寺山門から愛宕山を望む

物屋敷」にあるように丹後地方には他にも化物屋敷譚が残されています。田辺の人がこの飛び切り面白い話を我が郷土の物語として書き残そうとしたということだけは確からしく思われます。

一つ目大入道をはじめ、妖怪変化が続々と出てくる『丹後変化物語』のあとは、ほぼ同時代の『曾呂里物語』に収められた化物屋敷譚、江戸時代中期の『仙台萩』より仙台の化物屋敷、化け猫屋敷、泉鏡花『天守物語』では姫路城の刑部《おさかべ》姫の妹分として描かれた猪苗代城の亀姫様をめぐる複雑怪奇な歴史、江戸市中の化物屋敷点描が収められています。存分にお楽しみください。

〈さあさあ入った入った、入れば出るよ、お化けが出るよ、怖い怖いお化け屋敷……〉

〈注〉

（1）今井秀和氏のご教示による。

（2）『稲生物怪録』と『丹後変化物語』の比較は本書第二章の今井論文を参照。

（3）橋爪紳也『化物屋敷　遊戯化される恐怖』中公新書、一九九四年、三一頁。

（4）舞鶴市田辺城資料館『田辺城の歴史　改訂2版』舞鶴市、二〇一八年、三六頁。

（5）本書第一章第二節、氷厘亭氷泉氏による解題を参照。

＊現地取材にあたり舞鶴市郷土資料館・田辺城資料館の学芸員の野村充彦さん、小室智子さん、田辺城ガイドの会の武田尚孝会長にたいへんお世話になりました。この場を借りて感謝を申し上げます。（白澤社編集部）

〈江戸怪談を読む〉丹後変化物語と化物屋敷◎目次

カバー・表紙・本扉絵＝『丹後変化物語』より（画像提供＝氷厘亭氷泉）

第一章　『丹後変化物語』

翻刻・注・訳・解題＝氷厘亭氷泉《こおりんていひょーせん》

第一節　『丹後変化物語』抄

一、『丹後変化物語』とは何か

《変化物語》は、丹後国《たんご》（京都府）の武家屋敷で狐によって連続して巻き起こされた、妖怪騒ぎを描いた物語である。現存が確認できる諸本の作例と内容から、少なくとも十七世紀——あるいは元和年間（一六一五〜一六二四年）にはその原型が存在したものだと考えられる。

おもな作品例は十七〜十八世紀の「写本」と「絵巻物」に分けられるが、絵巻物にも菱川師宣《ひしかわもろのぶ》らによって描かれた『変化画巻』（ボストン美術館）があり、徳川時代前期にはある程度、「知られた一作品であったことがうかがえる。詞書《ことばがき》がないのが残念だが、初期の浮世絵師として知られる菱川師宣らによる作品が残されているという部分は、時代をおおまかにしぼることができる注目点で、近世を通

図 1-1-1a 「丹後之国変化物語」と書かれた外題

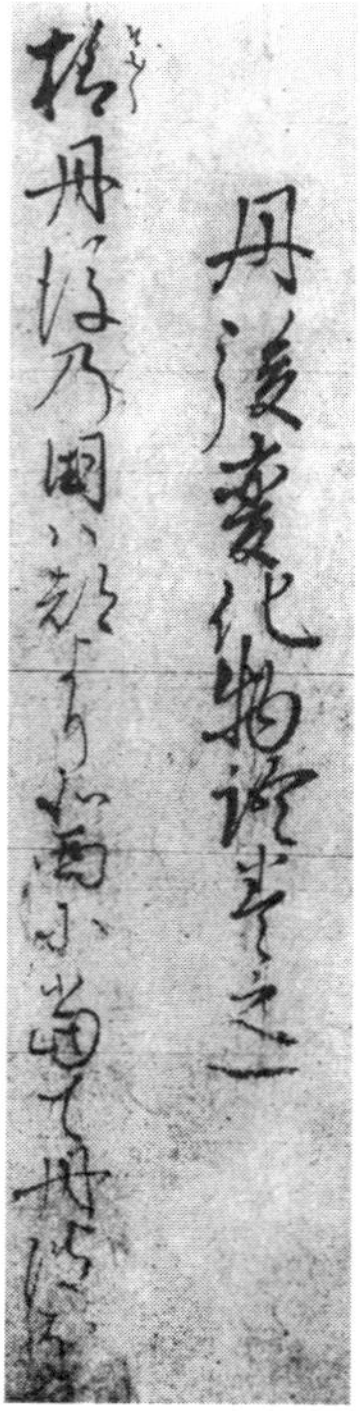

図 1-1-1b 「丹後変化物語 巻之一」と書かれた内題

じて長期間、数多く写され描きつがれていった『百鬼夜行絵巻』とは全く異なる流れで、いろいろな妖怪の描き込まれた作品が存在していたことをはっきりと知ることができる。

《変化物語》のいくつかある写本のなかでも先行するいくつかの系統の写本を統合している点で、重要な位置を占める内容を持つ作例のひとつといえる国会図書館に所蔵されている『丹後変化物語』（『丹後之国変化物語』）の内容について、以下具体的に紹介する。執筆に際し、本文については現代語訳された全体の要約（辻惟雄「研究資料　丹後変化物語（国会図書館本）」『国華』一二八〇号）が存在するものの作中の微細な部分までは触れられておらず、全巻にわたっての翻刻資料が存在しないため全八巻分の原文を直接参照して梗概と解説を作成した。『丹後変化物語』には本文に小見出しなどがないため、各段の見出しは本書で設けたものである。翻刻については紙幅に限りがあるため、各梗概の後に、その場面のなかの重要な箇所や興味深い部分をよりどって、現代語訳したものと共に掲載する。

『丹後変化物語』と『丹後之国変化物語』——それぞれ題は混在して用いられているが、内題として冒頭に用いられているのは『丹後変化物語』である。国会図書館に現在所蔵されている原本自体が写本類をさらに補綴したかたちでつくられた写本（あるいはそのさらに写本）であるため、どちらが古い題名であったのかの判断はつけられない。しかし、『丹後之国変化物語』という題名は外題でのみ用いられており、題簽《だいせん》でも「丹後之国」の部分は「変化物語」とある上に角書《つのがき》あつかいで書かれている。既に述べたように「丹後」とつけない『変化物語』や『変化画巻』の題名をもつ作品例も見られる点からいえば、古称として《変化物語》が先に存在していたとは考えられる。

各巻には明治三十二年（一八九九）の帝国図書館の収蔵印および、最初の丁に「桜山文庫」の旧蔵印がみられるが、詳しい伝来過程や写本の製作者については未詳である。

各巻の題の表記

巻一　外題「丹後之国　変化物語　巻之壱」　内題「丹後変化物語　巻之一」
巻二　外題「丹後の国　変化物語　巻之弐」
巻三　外題「丹後廼国　変化物語　巻之三」　内題「丹後変化物語　巻之二」
巻四　外題「丹後之国　変化物語　巻之四」
巻五　外題「丹後之国　変化物語　巻之五」　内題「丹後変化物語　巻三」
巻六　外題「丹後の国　変化物語　巻之六」

巻七　外題「丹後の国　変化物語　巻之七」内題「丹後変化物語　巻四」
巻八　外題「丹後之国　変化物語　巻之八　終」

『丹後変化物語』は、全八巻に収められているが、写本として製作された過程でそれぞれの巻の分かれ目は、はなしの内容単位では特に分かれておらず、個々に標題なども設けられていない。巻之八に補綴《ほてつ》追加されている後日談にあたる箇所にもそれを示す見出しなどはない。そのため、梗概は巻毎ではなく、はなしの流れに沿って区切りを設けておくことにする。

二、序文

巻之壱では、「丹後変化物語　巻之一」と内題が入る前に序文形式で書かれた書き出しがある。これは補綴者による序ではなく、《変化物語》の体験者（津田屋敷の人間）がこの物語を書いた際に記した序文という体裁で書かれたものである。先行する《変化物語》の時点からこの箇所は存在したようである。武庫川女子大学に所蔵されている絵巻物の『変化物語』（主人公が津田利信ではなく、澤田利信の系統のもの）にもほぼ同じ文章が確認できるため、『丹後変化物語』の原本破損により判読不能な箇所をそちらから〔　〕内に補った。

【原文】

此物語は*1それかし《某》十二歳の末より十三歳の中秋*2まで狐の変化をなしつる分野《ありさま》を見聞なれ《馴》交はりて聊《いささ》かいつわ《は》りなけれはとてさるしさひ《仔細》ありて俄に序次《じょし》をおもひ出しぬれと年もはや四十年あまりへ《隔》たたりて覚束なくまた〔元来〕おろ《愚》かなれは文章もくた〳〵け*3て〔見るめもお《面》〕もは《映》ゆくあめれと　ひとへ《偏》にの《遁》〔かれかた《難》く十〕五六夜の内にかく《斯》集《あつめ》て変化〔物語と名〕つけ侍りしかはあれと怪*4力乱神〔は〕聖人のかた《語》らさる所見され聞され物*5は〔謂はさ〕れなれは口をとち《閉》語らぬにはしくはなし　しか《然》りといへとも《雖》唯いた《徒》つらに語て人をま《迷》〔よ〕はすにはあらす《非》　それかし《某》本道とする所は利信の勇力その上始終心を動かさす修身誠意《しゅしんせいい》*6致知《ちち》の妙を心にかけられし所に二とせ《歳》におよ《及》ひ色々の変化なしふしき《不思議》神通をあらはし侍りけれと本来あやしとすれはあやし　怪とせされはあやしからす　ふしきとすれはふしき　ふしきとせされはふしきにあらす《非》しか《然》れは妖*7怪は人によりておこ《起》る事といふを忘れさりけれは変化も終にはおそれて母上に暇乞して帰りけれは　此人そこれ《之》人のま《惑》

*1 **それがし**　この序文の「それがし」が厳密に誰見立てで書かれているのかは示されていないが、津田家あるいは近しい者の視点であることは断言できる。なお、作中で利信は十二人兄弟（巻之弐、二六頁参照）と設定されている。

*2 **中秋**　太陰暦の八月。

*3 **くた〳〵けて**　『変化物語』（武庫川女子大学）では「くたけて」とある。

*4 **怪力乱神**　『論語』にある「怪力乱神を語らず」から。主に述べているのは「怪」の箇所だが、利信による「力」の部分も若干入って来る。

*5 **物は謂はされ**　前掲同書では「見されきかされ

謂はされ」とある。

＊6　致知　物事を究めること。朱子学などでは大切なことだとされる。《変化物語》には朱子学など武家の素養学問の影響はとても濃い。

＊7　妖怪　特に傍訓《ふりがな》はなく普通に「ようかい」の意図で用いられているようである。序で説かれているこの妖怪観は《変化物語》の持つ基本箇所であり、絵巻物などとしても、この点を子女に教育させるため、武家や豊かな商人たちなどに買い求められた物語だったのではなかろうかと考えられる。

とひをとく鏡そと書［著］あらはし侍る也

【口語訳】

この物語は、私が十二歳の年末から十三歳の中秋の頃まで、狐がへんげをした有様を実際身近に見聞きし、少しも偽りではなかったということを、ある仔細があって、その一部始終を順序だてて思い出してつづったものですが、既に四十年あまりも前のことなので、少し覚束《おぼつか》ないところがあります。もともと愚かなので文章も整わず、決まりの悪い出来ですが、逃れがたいところがあって十五、六日間のうちにそれらを書き集めてまとめ、『変化物語』と名づけました。「怪力乱神」は聖人の好んで語るものではなく、見ざる・聞かざる・言わざるに徹して口を閉じ、語らないのが真っ当なところですが、いたずらにそのようなはなしを語って人々の考えを迷わせたりするわけではありません。私の本道とするところは利信《としのぶ》の勇気であり、へんげたちに対しははじめからおわりまで心を迷わせることなく、修身・誠意・致知を心がけたところにあります。二年に及ぶ期間に狐たちは色々なへんげ・ふしぎ・神通力をあらわして来ましたが、本来あやしいことはあやしいと思わなければあやしくなく、ふしぎとしなければふしぎでもないのです。つまり、妖怪というものは人がそう思うことによって起こるものであるということを忘れなければ、ついには怖れをなしてこの物語の変化たちのように利信の母上に「暇《いとま》ごいをする」というかたちで帰って行ってしまったりするのです。この『変化物語』は、利信のような人こそ、人々の惑いをとかせることのできる鏡（鑑《かがみ》）だと書きあらわすものです。

三、丹後名所と前日譚

丹後の名所勝景案内（巻之壱）

【梗概】

丹後国の名所勝景の案内。はじめに《変化物語》の舞台となる田辺の町が三方を山に、北は海に囲まれた地であると紹介する。次いで、伊佐津《いさつ》の紙づくり、布敷《ぬのしき》の滝、御厨子《みずし》の観音、天台院の桜、大森の名水、鹿原山金剛院、松尾の観音、鬼が城《じょう》、大川五社大明神、山椒《さんしょうだ》太夫《ゆう》の首引きの松、博奕《ばくち》の鼻、穴文殊、匂う崎、年取島、などの名勝を順々に紹介する。

【解説】

巻之壱の冒頭から後半にかけての大部分を占めているのは、本編と密接していない丹後国の名所紹介となっている。他の《変化物語》の多くにこの箇所は存在しておらず、絵巻物などでも未登場である。ある時点での写本からか、あるいは補綴増補された『丹後変化物語』の特徴かと現時点では考えられる。山椒太夫についての伝説や、信仰地としての名所である穴文殊についてのはなしも出て来る他に、丹後に縁のある細川玄旨（細川幽斎。一五三四〜一六一〇）、中院也足（中院通勝。一五五六〜一六一〇）の和歌や漢詩や事蹟なども織り交ぜられて語られている。最終的には、ほぼ幽斎・也足の歌物語になっており、やや特殊な構成となっている。

川瀬屋敷のはなし（巻之壱）

【梗概】

丹後国の田辺の城下町の北に、川瀬伊織《かわせいおり》という武士の住む屋敷があった。夕暮れになると書院に赤前垂をつけ頭に赤手拭を置いた、見知らぬ美しい女たちが手拍子を取りながら踊る——というふしぎなことがつづいた。しかも、それは伊織にしか見えず、他の人々には全く見えなかった。これは長いことつづき、家臣たちも「主人は発狂してしまった」と思っていたが、普段は全く正常でもあり問題にはならなかったが、やがて伊織は病になって亡くなり、川瀬家は絶えてしまった。

【原文】

爰に田辺*1の城外《じようぐわい》の北に入海*2を後《うしろ》にして屋敷有　本は川瀬伊織《かはせいをり》といふ人住けり　有ゆふ[夕]暮《くれ》に書院《しよいん》に出けれは　手拍子取《てひやうしとり》て女の声して踊《をとり》けり　伊織おもふ[思]やうは召使《めしつかい》の女わらん[童]へのいたつら[悪戯]におとる[踊]

＊1　**田辺**　京都府舞鶴市。

＊2　**入海**　津田利信の屋敷も北側が海（舞鶴湾）に面しており、同じ造りで

かと思ひ障子《しょうじ》の透間《すきま》よりのそき《[覗]》て見れは　さはあらて　容顔美《ようがんび》麗《れい》の*3女房《にょうぼう》あかまへたれ《[赤前垂]》してかしら《[頭]》には赤手拭《あかてぬくい》おきておとり《[踊]》をり　ふしき《[不思議]》と思ひしはらく《[暫時]》見居けるに暗《くら》く成ぬれは行方《ゆきかた》しらすう《[失]》せにける　次の日また其比*4に出て見れはまたおとり《[踊]》けり　くれ《[暮]》ぬれはやみぬ　翌日町《よくじつまち》ゐ《[出]》いてぬるつゐて《[序]》に*5寺内《じない》町に菱屋彦《ひしひこ》右衛門と云者つね〳〵《[常々]》心安《やす》く出入しけれは　彦右衛門か宿へまいり《[参]》用《よう》の事あり　*6晩《ばん》七ツ辺にきたれと申てまいれ《[参]》とて人をはしらしむ《[走]》　畏《かしこまり》入候と申けれはそのまま出て帰りぬ　時分になれは彦右衛門まい《[参]》りたりと申　伊織《いをり》出合《いてあひ》てこなたへ来れとて書院《しょいん》へつれ出て見れは　例《れい》のことくおとり《[踊]》奉り　手まねきして彦右衛門にあれ見よとささやき申されける　立寄《たちより》てみれとも何《なに》にてもみへす　音《をと》もせすと申　はやくらく《[暗]》成ぬれはうせ《[失]》にけり　其後かやう《[斯様]》のてい《[体]》成かを《[音]》ともせす人もみえ《[見]》ぬといふ事不審《ふしん》なりと申されける　彦右衛門されは仰なれとも人のすかた《[姿]》も見ゑすおとり《[踊]》のをと《[音]》もうつて聞へすと申ければ弥《いよいよ》ふしきにおもひ　次《つぎ》の晩家来《ばんけらい》に用事《ようじ》をも申付る者二

あることを示している。

＊3　女房　御殿などに仕えているような女性。

＊4　其比　比は「ころ」(頃)とよむ。

＊5　寺内町　舞鶴市寺内。

＊6　晩七ツ　夕方の十六・十七時頃。ふしぎな女たちの踊る、夕暮れの時間帯。

人有しを一人よひ《［呼］》寄《よせ》なにともなくかしこ《［彼処］》を見よと申付てみせける　立退《たちしりぞき》て何も見へ申さすと申　さらは帰て何かしを呼《よへ》とて申付かへし《［帰］》奉る　今一人来りけり　先のこと《［如］》く申付て見せける　しは《［暫時］》らくみ《［見］》て立のき　何にても見へさらすと申けるに　暮ぬれはきへ《［消］》にけり　その身《み》弓《ゆみ》の上手《じようず》にてかけ鳥*7をも射落《いをと》すほとの人なりければ　次のはん《［晩］》弓矢《ゆみや》持《もち》て書院に出おとる《［踊］》所をさしつめ引《ひき》つめ射《い》奉れとも　一つもあたらす　おとり《［踊］》もやめ《［止］》すしておとり《［踊］》けり　くれ《［暮］》ぬれはやみ《［止］》ぬ　これより六七日毎日射《い》れともあたらす《［当］》　矢ははしら《［柱］》へいしやうし《［屏障子］》にたち《［立］》てけり　いよ〳〵ふしき《［不思議］》の思ひをなし　我《わ》れしらす《［知］》折々物思ふふせひにて　ふしき《［不思議］》なる事かなとのみ口すさみける　十二三四歳《さい》なる禿*8《かむろ》　二人の家老*9《からう》に向《むかふ》て申けるは　殿《との》は独《ひと》り事にふしき《［不思議］》成事かなとのみ申玉ふと云ければ　二人の者共禿《かむろ》に大ににらみ《［睨］》さやう《［左様］》のこと重て申なとしかり《［叱］》ける　扨二人の者共申けるはいか《［如何］》成事にてかといわんも互《たかい》に遠慮《ゑんりよ》すへし入札《いれふだ》に書て我々の思ふ所を申んとて　二人半《なから》書《かき》て出しけるを取替《とりかは》して見るに　と

＊7　かけ鳥　翔鳥。空を飛ぶ鳥。

＊8　禿　奥方などに仕える少女たち。切禿の髪型から。

＊9　家老　川瀬屋敷の家老役。二人いる点から見ると、既に登場している普段から用事を言い付けている二人の家来と同じ人物か。

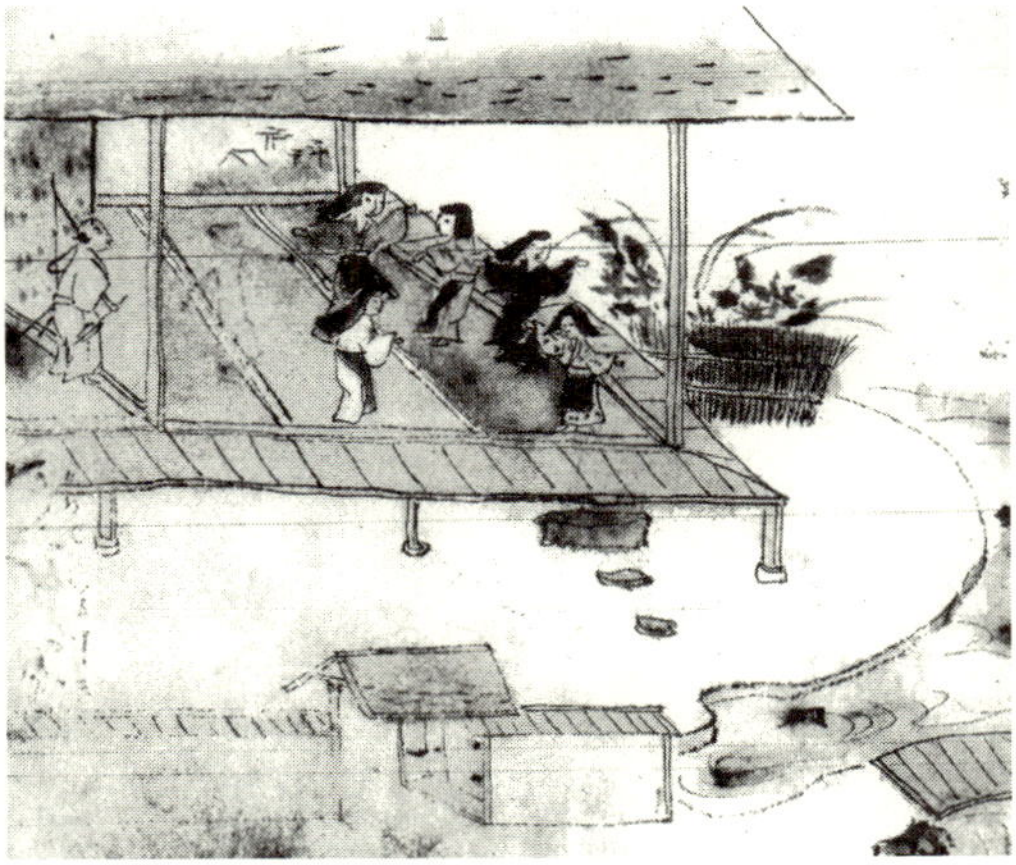

図 1-1-2　川瀬屋敷の妖怪

巻之壱はほとんどが丹後の名所を記してゆく本文になっているが、その名所絵から地続きに橋を渡ると川瀬屋敷の様子が描かれるという凝った演出になっている。屋敷の中では夕暮れどきになると現われて踊る赤手拭を頭にのせた女の妖怪たちと、弓矢を持ちそれを見る川瀬伊織が見える。

う〱気《き》の違《ちかい》たるかと思ふと同様《おなしやう》にそ書出しける　其後いか《〔如何〕》かせんと談合評議《だんかうひやうぎ》をすれとも常にさせる体《てい》もなく　世間《せけん》の人交《まじは》り昔《むかし》に替らねは　たた《〔只〕》一日〱と日をおくる内に心悪《あし》りけるにや　煩《わつら》ひ出して終《つい》にむなしく成て跡絶《あとたへ》にけり

【口語訳】

ここ田辺の城外の北に入海に面した屋敷がありました。もともとは川瀬伊織という者が住んでいました。ある夕暮れ、伊織が書院に出て来ると、手拍子を打って踊りをする女の声が聞こえてきました。伊織は「召使いの女童《おんなわらべ》たちが徒《いたず》らに躍っているのだろう」と思い、障子の隙間からのぞいて見ましたが、そうではなく、美しい顔の女たちが赤前垂《まえだれ》をつけ、頭に赤手拭《てぬぐい》をのせたすがたで踊っていたのでした。ふしぎに思い伊織はしばらく見つづけていたのですが、日がすっかり暮れ果てて暗くなると女たちは行方も知れず消えてしまいました。

次の日も、夕暮れになるとそれは出て来て踊っていましたが、日が暮れ果てると共に消えてしまいました。

翌日、伊織は町に出る家来に、寺内町《じない》の菱屋彦右衛門に「用事があるので晩七つの頃に屋敷に来てくれ」との伝言をついでにしてくるよう頼みました。彦右衛門は日頃から伊織が心安くしている間柄の人物です。家来は「かしこまりました」と出て行き、帰って来ました。

時刻になると、家来の者が「彦右衛門がやって参りました」と告げたので、伊織は「こっちに来てくれ」と彦右衛門を書院に通しました。例のごとく女たちが踊っているので、手招きして彦右衛門に「あれを見ろ」とつぶやきましたが、「近寄っても何も見えませんし、音などもしませんが」としか彦右衛門は答えませんでした。そのうちに暗くなって来たこともあり、女たちも消えてしまいました。

伊織は彦右衛門に様子を語り「何も見えず、音も聴こえなかったというのは不審なことだ」と言いましたが、彦右衛門は「そうおっしゃりますが、人のすがたも見えませんでしたし、踊っているという手拍子の音なども一向に聴こえませんでした」と言ったので、いよいよふしぎなことであると思うに至りました。

次の日の夕暮れには、いつも用事を言い付けている二人の家来のうちのひとりを呼び寄せ、「あれを見てみろ」と踊っている女たちを示してみましたが、家来の発したのは「何も見え申しませんが」という答えでしたので、もうひとりの家来を交替に呼びにやらせ、同じことを訊きましたが、しばらく見たあと「何も見えませせぬ」としか言われませんでした。やがてまた暗くなり、女たちは消えました。

伊織は弓の腕にすぐれ、翔《と》ぶ鳥を射落とせるほどの人でしたので、次の日の夕暮れになると弓矢を持って書院に出て、踊る女たちをしっかり狙って矢を射りました。しかし矢はひとつも当たることは無く、矢を射られた女たちも踊りを止めることはなく、ただ日が暮れ果てるといつものように消えるだけでした。

それから六、七日のあいだ毎日弓を射かけてみましたが、女たちではなく矢は柱や塀や障子に当たるばかりでしたので、伊織はいよいよこれをふしぎに思いました。ついには普段から無意識に「ふしぎなる事かな……」とだけつぶやきつづける事が多くなりました。

屋敷の禿《かむろ》が、「殿様は、ふしぎなる事かな……という独り言ばかり言っておりますよ」と屋敷に二人いる家老に告げたので、家老たちは禿をにらみつけ「そのようなことは二度と口にするではないぞ」と厳しく叱りました。しかし、家老の二人も伊織の不審行動が気になっていたので、「お互い口に出すのは遠慮が出るので、思っていることを紙に書いて交換しよう」ということにしました。交換してみると二人とも「とうとう気の違いたるか」と書いていました。

家老二人は、今後どうしたものかと評議をしましたが、伊織の様子は「ふしぎなる事かな……」を除けば正常であり、世間の人との付き合いも昔と変わらぬものでした。しかし、日に日に「ふしぎなる事かな……」は積もりつづけたのか、調子を崩してゆき、遂には病気にかかって伊織は亡くなり、川瀬屋敷は跡を絶ってしまいました。

【解説】

これが《変化物語》の舞台となる津田屋敷の前日譚である。この部分も《変化物語》には収録されていないことが多く、絵巻物などにも見られない箇所である。あとがき（巻之八）では菱屋七左衛門、丹波屋加七郎の語ってくれたことを書き加えたという点が明示されており、川瀬屋敷のはなしも補綴によって写本に加えられたものかと考えられる。

四、津田屋敷に異変のはじまり

津田屋敷のはなし（巻之壱～巻之弐）

【梗概】

川瀬屋敷の跡へ引っ越して来たのが、津田伊予《つだいよ》という武士である。伊予はもともと守護大名でどちらかといえば武芸ではなく花鳥風月に親しむ人物で、没落して浪人となったが、所縁《ゆかり》のある城主の治める田辺へ移り住んで来た。趣味人であることから、屋敷もなかなか立派なものに建て替えている。

伊予には子供がたくさんいたが、ある年から次男と共に関東へくだっており、総領息子の藤十郎《とうじゅうろう》（利信《としのぶ》）が屋敷の管理を任された。利信は屋敷をさらに凝った立派なものへと大改修を施した。


【解説】

ここからが実質《変化物語》作品の本編である。津田伊予の旧領については語られていない。《変化物語》の世界は、巻之壱の名所案内に細川幽斎などがいることも含め、徳川時代初期だと見られ、大名小名の浪人化などが身の上の設定として用いられている。澤田将監利信を主人公とする系統では、利信自身がもともと大名であったと設定されており、『丹後変化物語』で津田伊予につけられている冒頭描写も利信自身のものとして書かれている。利信による屋敷の大改修は、瀟湘《しょうしょう》八景見立てでこまかく描写され、屋敷から眺めることのできる景観表現として、名勝として出て来た地名などは登場する。以後の展開に、広大な屋敷である（普段の生活で利信たちと母や妹たちが全く別の空間にいる）という点は関わってくる。

津田屋敷に異変（巻之弐）

【梗概】

ある年の大晦日、正月の準備をしていた津田屋敷の台所に人の腿が落ちていた。使用人たちは縁起でもないと密かに捨てたが、利信が病にかかった。また秋の末頃には白昼、台所に火柱が立ち燃え広がって奥屋敷が失われたので、利信の祖母や母、十二人の兄弟たちは表屋敷に移り、利信も病気療養のために都へ移り住んだ。

【原文】

さて師走《しはす》の晦日《みそか》の暮相《くれあい》に元日の用意《ようい》とて台《だい》所に人おほく〔多〕集《あつま》りたり
けるかいつ〔何時〕のまにか*1置剣《おきけん》　人の腿《もも》を一つ置けり　人見ていまく

＊1　**置剣**　「置きけん」のあて字

敷よからぬ事かな上＊2へはふか〔深〕くかく〔隠〕せとて　もち〔持〕出して捨にけ
る　され〔然〕はよろ〔宜〕しからぬけち＊3かな殿もはつら＊4〔患〕わしけれはいかが成
行侍らんと　家来《けらい》の者ともはつふや〔呟〕きけり　かり〔仮〕そめに煩《わつら》ひ玉ふ
といへとも＊5年《とし》をこへ〔越〕てい〔癒〕へさりけり　秋も末の頃かとよ　＊6白昼《はくちう》の
こと成に台所《だいところ》の屋の上に＊7火柱《ひはしら》立と見へしよりほ〔程〕となく燃《もへ》上り奥方＊8
残らす焼《やけ》にけり　祖母《そぼ》や母《はは》上また十二人の兄弟達《きやうたいたち》を表の屋敷に移
し　書院すきや〔数寄屋〕囲居《かこい》を取《とり》しきりて局《つほね》＊9々に渡しけり　扨翌日《よくじつ》津田
藤十郎利信《としのふ》は家来を近付　此焼野原《やけのはら》に居住しては病気のさまた〔妨〕け
ともなるへし養生なから明日は都にのほ〔上〕るへし跡にて普請《ふしん》申付へ
し　とて其身は都へ上《のぼ》られけり

＊2　上　屋敷の主人、殿様。利信のこと。

＊3　けち　よくないこと、縁起の悪いこと。

＊4　はつらわしければ　煩《わずら》わしければ。具合が良くない、病気がちである。

＊5　年をこへて　年を越して。新年になって、年をまたいで。

＊6　白昼　まっ昼間。

＊7　火柱　火柱が立つことは、火事や災禍の前兆としてもしばしば語られていた。

＊8　奥方　屋敷の奥屋敷。

＊9　局　部屋。

【口語訳】

さて、ある年の大晦日の夕暮れどき、正月の用意をするため屋敷の台所には多くの人が集まっていたのですが、いつの間に置かれたのか、人の腿だけが一つそこに置かれていました。使用人たちはそれを見つけて「いまいましい、縁起の悪いことだ、これは殿様たちには深く隠しておけ」と、台所から持ち出し捨ててしまいました。「これはよろしからぬけちだ。殿様も具合が悪くなっておられることであるし、いかがなることであろう」と、家来の者どもはつぶやいていました。たまたま煩《わずら》ってしまったに過ぎなかった利信でしたが年を越しても具合は癒えず、その年の秋の末には、白昼にかかわらず台所に火柱が立ち、火が燃え広がって屋敷の奥屋敷がすべて失われてしまいました。利信は、祖母や母、十二人の兄弟たちは表屋敷に移し、書院や数寄屋、囲いを造ってそれぞれの部屋を設けさせました。そして翌日、利信は家来を近くに呼び「このような焼野原に住んでいては病気の治りにもよくない、養生をするため明日から都へ行こうと思う。あとから屋敷改修の普請については申しつける」と仰って、病気療養のため、都へのぼられました。

【解説】

序文の「十二歳の末」は、この段だと考えると計算に矛盾が出てしまう（九七頁参照）。

尼公と狐（巻之弐）

【梗概】

利信の祖母は尼公（にこう、あまぎみとも）と呼ばれている。前年の夏頃から屋敷の材木蔵に棲みついていた狐たちを大切にしており、この頃には三匹も子狐が生まれていた。利信の都への出発祝いの宴《うたげ》で盛り上がっていた家臣や使用人たちは翌日になって「この頃はすさまじい赤猫が夜な夜な現われますので、猫また狩りを致します」と尼公にウソの断りを出して狐狩りを挙行。五匹いた狐を殺したり、疵《きず》を負わせたりして屋敷から追い出した。それを知った尼公は「夜《よる》の殿《との》（狐の美称）を殺すとは」と大激怒し、氏神である朝代《あさしろ》大明神へ神楽《かぐら》を奉納してよくないことが起こらないように祈りを上げた。すると九月二十三日に、鳶《とび》が台所に二羽現われ、尼公たちのいる部屋も飛びめぐっていった。尼公はついこれを火箸で追い払ってしまったが、「愛宕《あたご》さまのお使いだったに違いない」と今度は考えはじめ、お詫びとして愛宕山へ湯花（釜を用いた湯立て神事）を三釜も奉納させた。すると「利信の留守中に大変なことがあるということを告げに行った使いの鳶を、やにわに打とうとした報いは逃れ難い、神（愛宕山太郎坊）は怒りをなしておられる」という託宣が出たとの知らせが届いて、尼公は朝代大明神にも湯花を二釜ささげさせる。

【原文】

翌日《よくじつ》にも成ぬれは　いさや狐子《きつね》を狩出《かりいだ》さんとて詮儀《せんぎ》評判《ひやうばん》する所にこさかしき《小賢》わらんへ《童》*1来りて申やうは　きつねかり《狐狩》とあるならは中々にこう《尼公》のとかめ《咎》ふか《深》かるへし　猫また*2をかり《狩》申といつはり《偽》て尼公《にこう》へ此事訴《うつたへ》つつ其上にて心やすく狩《かる》べし　といひけれは　尤《もつとも》しかるへし　さあら《然》はなんし《汝》ゆき《行》て申せ　といひけれは　にこう《尼公》にまいり申けるは　此頃《このころ》すさまし《凄》き赤猫《あかねこ》夜な〳〵来りてわれ《吾》〳〵をおとし《脅》まいらせし　其侭《ままずて》捨置ては　いかなるわさわひ《災》あらんなれは　幸《さいわい》殿の御留守に候ほと《程》に猫狩《ねこがり》いたすへしとみな《皆》〳〵ねかひ《願》申

＊1　わらんへ（童）　武家屋敷の表方《おもてがた》に勤めている年少の者たち。小童《こわらんべ》。

＊2　猫また　猫股、猫又、猫魔多。山に住むとされていた恐ろしい猫。童たちは「赤猫」とも称している。

候　あわれ*3御ゆるし《[許]》あれかしとそ申ける　ともかくもとそゆるさ《[許]》
れける　さてこそしすましたると悦《よろこひ》て*4中間《ちうげん》ともを招《まねき》よせ　長棹《ながさを》を
手こと《[毎]》にもたせ　ゑん《[縁]》の下こと《[毎]》に押《おし》入　扨わらん《[童子]》へのめむ《[面]》〱は
数鑓《かづやり》を我《われ》も〱と引さけ《[提]》て　あらかしめより心かけし材木蔵《さいもくくら》に押
入て　大戸をしめ《[閉]》させて　さいもく《[材木]》のすき《[隙]》間こと《[毎]》を狩出しけれは
狐五疋飛めくり《[廻]》　窓《まど》よりかけ出る所を一疋は横腹《よこはら》をつらぬき《[貫]》　今
一疋は一方の眼《まなこ》*5にかすり手をおわせ《[負]》　やう〱一疋うち《[討]》取て残り
は外へ迯《にけ》る所を追懸《おひかけ》けれとも　中々飛《とぶ》事のはやき《[速]》事　矢を射るこ《[如]》
とく也けれは　をひ《[追]》つくへき様もなし　其内一疋は高塀《たかへい》に上り海
中へとひ《[飛]》入　*6猟師《りようし》町へ迯《にげ》のひ《[延]》て　猟師ともに殺《ころ》されけり　尼公
此事を聞《きき》付給ひておとろき《[驚]》さわき《[騒]》　わらん《[童子]》へともを招《まねき》よせて申さ
れけるは　ねこ《[猫]》をこそかれ《[狩]》と云つるに何とて夜るの殿*7をはころし《[殺]》
けるそ　とて殊のほかにいから《[怒]》れける　とかく心にかかり《[懸]》けるに
や　所の氏神《うぢかみ》*8朝代《あさしろ》大明神へ御神楽《かぐら》をそまいら《[参]》せられ

*3 **御ゆるし**　御許可。

*4 **中間**　武家屋敷に勤めている下僕。折助。

*5 **眼にかすり手**　眼にかすり傷を負った狐が一匹おり、この点がしばしば狐たちが一つ目入道に化けて出る原因だと屋敷の者は語っている。

*6 **猟師**　漁師。津田屋敷の裏手は海にそのまま面している。

*7 **夜の殿**　狐のこと。

*8 **朝代大明神**　京都府舞鶴市にある神社。津田家の氏神で、尼公らの信仰対象。近くには愛宕山もある。変化物語の中での地名としての愛宕山は主にここを示す。

【口語訳】

翌日になると、さぁ狐の子たちを狩り出そうと話し合いが始められましたが、そこへ小賢《こざか》しい童《わらんべ》たちが来て言いました。

「狐狩りをするとなりますと、なかなか尼公様からのお咎めが深いことでございましょう、猫股を狩ると申し上げて……つまりは偽って尼公様へ申し上げて、心安く狩るのが良うございましょう」

「もっとも、その通りである、では汝ら、行ってそのように申し上げて来い」

童たちは尼公のもとへ参りまして、

「この頃、すさまじい赤猫が夜な夜な来て、吾々をおどして来ます。このまま放っておきましたらどんな災いが起こるかわかりません。幸い殿様（利信）もお留守の間でございますから、猫狩りを致すべきであると皆の者が願っております、どうぞ御許可下さい」

と申し上げ、尼公から「ともかくも」と御許可をとりつけて来ましたので、屋敷の者たちは「うまくいった」と悦び、中間どもを集合させ、長棹をそれぞれに持たせて縁の下に入らせました。

童の面々も、吾も吾もと鑓《やり》を引っ提げて、あらかじめ目星をつけていた材木蔵に入って行きました。

蔵の大戸を閉めさせて、材木の隙間を狩り出して行くと、狐が五匹飛び出しました。蔵の窓から駈け出そうとするところを一匹の横腹を鑓でつらぬき、もう一匹は片目にかすり傷を負わせましたが、やっと討ち取れたのは一匹。残りが外へ逃げて行くのを追い駈けたのですが、飛ぶこと早く、矢のようであったので、追いつくことはできませんでした。

そのうちの一匹は、高塀にあがって屋敷の裏手にある海へ飛び込んで、そのまま漁師町へ逃げのびましたが、そこで漁師たちに殺されたといいます。

尼公は、このことを聞いて驚き騒ぎ、童たちを呼び寄せて、

「猫を狩ると言っていたのに、なぜに夜の殿（狐）を殺したのだ」

と殊の外お怒りになられました。とかくこのことがお心にかかったのか、許しを乞うために土地の氏神でもある朝代大明神へお神楽を奉納させました。

【解説】

利信の祖母（尼公）は屋敷の狐たちに赤飯などを供えさせていた。これは稲荷へのおそなえとして現代でもよく知られる。他にも、この場面前後ではさまざまに日頃から祖母をはじめとした家族の信仰する神仏を登場させており、その信心深さを描写している。この狐狩りの際に片目に傷を負った狐がおり、そのことから狐がしばしば一つ目入道に変化して出現する原因なのではないかと狐狩り後の本文中でも語られている。「扨其後妖怪《ようくわい》の次第を聞《きく》人毎に申けるは　殺せし子狐《きつね》ともなり《〔也〕》　眼《まなこ》にかすり手を蒙《かうむり》たるは　おや《〔親〕》狐にてありしほとに　後に一眼《かん》の入道《にうたう》と変化《へんげ》しは　これなるへしと噂をそ申ける」（巻之弐）。なぜ一つ目入道なのかという設定のひとつがこの部分に登場しているのだが、あくまで屋敷の者たちがそのように話していただけで、狐の側からの真実は明かされてはいない。

五、一つ目入道の出現

一つ目入道がにじり口から出る（巻之弐）

【梗概】

尼公や母は、神仏を怒らせてしまったことから大変なことが起こるのではと心配に暮らすが、十月十二日の亥子《いのこ》の行事は、賑やかに屋敷で行なわれた。津田家の三女である豊《とよ》姫は宴の済んだ後も侍女たちと草紙などを読んで楽しんでいたが、部屋の錠をねじり切って巨大な一つ目入道が出現。侍女たちは気を失ってしまった。豊姫は気丈に逃げ出し母や家臣たちを呼んだが、戻って来ると何もいなかった。しかし、錠が確かにねじり切られていた。例の狐たちのへんげであろうということになり、家臣たちは狐釣りの名人を三人も呼んで罠を屋敷のあちこちに設置したり、鉄砲などを装備させた警備の者を置いたりした。十月十四日には、再び一つ目入道が青竹の杖を持って現われた。侍女たちのはなしでは大磐石を落としたようなものすごい轟音を立てて暴れ回ったとのはなしだが、男たちの耳には一切その音は聞こえていなかった。

【原文】

十月十二日は豕　子*1《いのこ》[redacted]とて　上下ふためき日暮より酒《しゅ》ゑ〔宴〕ん始《はしま》り
亥の刻《こく》の終《おはり》に千秋楽《せんしうらく》とまひ〔舞〕納《おさ》め　面《めん》々の局《つぼね》々に入申さるる　ここ

*1 **豕子**　亥子、亥子祝。十月の亥の日に行われる。酒宴などが開かれて長寿

が願われた。

＊2　にじり上り　躙口《にじりぐち》。現在も茶室などに設けられている、かがみこんで入るような大きさの出入り口。

＊3　哥草双紙　和歌や草紙。

図 1-1-3　躙口から顔を出す一つ目入道

侍女たちは一つ目入道の部屋への侵入にたまげて逃げ惑っている。豊姫は気を失わなかったというのが利信の妹らしい肝のつよさか。この場面は絵巻物の系統でも躙口からにょっきり顔を出すという明確な特徴があるため、詞書がない作品例であっても変化物語の豊姫たちの場面だ——と判別しやすい。

に三女《さんじょ》に豊姫と申は　容顔美麗《ようかんびれい》におわしまして心もやさしくありしゆへ[故]　三畳台《さんてうたい》のすきや[数寄屋]をかこひ[囲居]　＊2にしり[躙]上り其外窓《まど》々に至るまて錠鑰《ちようかき》をおろし　かりのつほね[局]とし　＊3哥草双紙《うたくさそうし》に身をつくし[尽]おわしましける　故に豕子《いのこ》の酒《しゆ》ゑん過て　女房達《にようほうたち》四五人伴《ともな》ひ彼局《かのつほね》を入　草紙をよみおわしけるか　夜はん[半]はかりの事かとよ　なに[何]とやらん物すこく胸《むね》うちさわき[騒]心もこころならす　不審《ふしん》になりし折節まど[窓]と連子《れんじ》のかけ戸を一度に引ちきり　にしり[躙]上りの錠《ぢやう》をねちきり[捩]戸をさらりと押《おし》ひらけり[開]　そのおと[音]とのすさましき[凄]分野《ありさま》は大地にひひ[響]きわたり　大山も崩《くすれ》かかる様《やう》にありし所に　にしり[躙]上りの方を見れは　まなこ[眼]一つある入道《てうどう》の　其眼《まなこ》のわたり＊4六七寸もあらんかし其

草紙は物語などを記した巻物や冊子。

*4 **わたり**　直径。

*5 **日月のごとく**　ぴかぴかぎらぎらと光っている形容。

*6 **みみの脇まてきれつらんと覚しき**　耳の脇まで切れているかのような巨大な口の形容。獣の口のように大きく開いた口のことを示すもので、妖怪などにも広く用いられる。

*7 **莞爾**　にっこり。

*8 **むさとしたる**　はっきりとしない。

光《ひか》り日月*5のことく〔如〕　口は*6みみ〔耳〕の脇《わき》まてき〔切〕れつらんと覚《おぼ》しき　大入道の首《くび》はかり　内に入　*7莞爾《にっこ》と笑《わら》ひたり　見るもの　壱度《ど》にわっと叫《さけび》たるはかりにて　跡《あと》を見す足《あし》にまか〔任〕せてにけ〔逃〕にける　あるひは二間《けん》三間あるひは五七間の内に　五人の女房気《き》を取うしな〔失〕ひた〔倒〕おれふ〔伏〕したりけり　唯豊姫《たたとよひめ》壱人のみ　気もうしな〔失〕ひ給《たま》わす　一は〔番〕んにとひ〔飛〕出させ玉ひ　御母上《ははうへ》にありし躰《てい》を語りけり　さて歩行侍《かちさふらい》の者《もの》とも鑓長刀《やりなきなた》のさや〔鞘〕をはやみたれ〔乱〕入　隅《すみ》々のこる〔残〕所なくたつね〔尋〕けれとも　其夜《そのよ》にかきり〔限〕て猫鼠《ねこねすみ》にても見さるといふもの壱人もなし　扨五人の女房にくすり〔薬〕なと用《もち》ひけれは　ほと〔程〕なくよみかへ〔甦〕りけり　独《ひと》り〳〵にたつね〔尋〕けれとも　しかと〔確〕姿《すかた》を見たるといふ者もなし　唯眼《たため》壱つありて其光《ひか》り日天のことく〔如〕照《てり》かかや〔輝〕き口と覚《おぼ》しくて　みか〔三日〕月なり〔形〕に赤《あか》く耳《みみ》の脇《わき》まてもき〔切〕れたるとはみ〔見〕たれとも　耳も鼻《はな》も見たるといふ者もなし　姿《すかた》は大入道と見たる斗《ばかり》　也と口々に申けり　臣下《しんか》とも寄集《よりあつまり》て　*8むさとしたる事の様《やう》に評判《ひやうはん》いたしけれとも　また錠《ちやう》か〔鑰〕きのねち〔捩〕きりたる分野《ありさま》は是たた〔只〕事ならす　亦《また》か

さねて来りもやせんとて　其夜は用《やう》心［厳］きひしく夜をあかしけれと
も　何の子細《しさい》もなく明《あけ》にけり

【口語訳】

十月十二日は亥子《いのこ》の日の祝いということで、屋敷の者は上も下も日暮れから酒もりを始め、亥の刻には打ち上がり、面々は自分の部屋へと戻って行きました。

さて、津田家の三女の豊姫は、とても美しくこころもやさしい姫君で、三畳台の数寄屋を囲わせ、出入りをする躙口《にじりぐち》や窓などに至るまで錠をおろして仮の局《つぼね》にして、和歌や草紙などに親しんでおりました。

この亥子の酒宴が終わり、女房たち四、五人を伴って部屋に入り、草紙などを読んでおられたのですが、夜半ごろのことでしょうか、何やらものすごく胸騒ぎがして心が落ち着かなくなりました。おかしいなと思っていたそのとき、窓連子《まどれんじ》の戸を一度に引きちぎり、躙口の錠もねじ切って、戸をさらりと開きました。

その音のすさまじさは、大地に響き渡り、大きな山が崩れ落ちるかのようなすごいもので、躙口を見てみると、目がひとつだけある大入道。目は六、七寸もあろうかという大きさで日月のように光り、耳のそばまで切れているかのような大きな口をした、大入道の首が入って来て、にっこりと笑っていました。

これを目にした女房たちは、一度にわっと叫んだまま、後ろも見ずに足に任せて逃げ出しましたが、五人とも二間《けん》、三間、五、七間と数間おきに離れつつ途中で気を失い倒れ伏してしまいました。豊姫ただひとりは、気も失われずに一番に部屋から飛び出して、母親の元へ逃げ込んで様子をしっかりと語りました。

屋敷の従者たちは鑓《やり》や長刀《なぎなた》を手にして早速部屋に乱れ入り、隅々まで残るところなく調べましたが、その夜に限って、猫や鼠の一匹さえ見たという者はいませんでした。

さて、五人の女房たちは、それぞれ薬などを与えたので、ほどなく気がつきましたが、一人一人に尋ねてみても、はっきりとすがたを見た者はおらず、目が一つあってお日様のように照り輝いて、口が三日月のように赤く耳のそばまで切れたように大きかった、それ以外は耳も鼻もよくわからない、すがたは大入道のように見えたと口々に語るだけでした。

屋敷の家臣たちは寄り集まって、なんともはっきりとしないことであると結論づけましたが、錠をねじ切ってあったことは尋常のことではないと見て、また重ねて来ることもあるかもしれないと、その夜は用心を厳しくして明かしましたが、何事もありませんでした。

二日後にまた現われた一つ目入道（巻之弐）

【原文】

＊１　十四日　十月十四日。十四日[*1]の丑の刻はかりのことなるに　水屋[*2]の戸をひそかにあけ

一つ目入道が豊姫の部屋に現われてから二日後。

*2 **水屋**　水まわりのことを行なう部屋。本作では、ここで狐たちが神を騙って託宣や伝言を行なう場面が多い。

*3 **耳**　初回出現時には女房たちが耳や鼻はよくわからなかったと答えていたが、ここでは耳たぶが肩にのるほど大きいといった部分まで描写が出て来る。

*4 手擦れによる汚損がこの箇所には目立つ。

*5 **地白にもへぎ**　衣裳の色や模様まで詳しく書かれている。

*6 **青竹**　他の絵巻物にも共通して見ることができる。一五〇頁も参照。

書院のかたをやりて　長《たけ》七尺《しやく》はかりの大入道の　眼《まなこ》一つ眉間《みけん》とお《[覚]》ほしき所に日月のことく《[如]》照《てり》かかやき　鼻《はな》高く口はみみ《[耳]》のわき《[脇]》まてさけ《[裂]》　*3耳《みみ》大きに肩《かた》の上まてたれ《[垂]》下り　はたゑ《[膚]》には紅井《くれなゐ》のきるものを■*4ほ■にし　上には地白*5にもへき《[萌黄]》の筋《すじ》一寸はかりもありけん　左巻《ひだりまき》のきる物にわた《[綿]》あつく《[厚]》と入るを■■にして着《ちやく》し　*6青《あを》竹の七八寸回《まは》しの杖《つえ》をつき三■■■階《きざはし》*7をたよ〱とおり《[下]》　座敷の真《まん》中に走《はし》り出　杖をつきととまり　紅《くれな》ゐの息をつく　其響《ひひ》き戸障子《しやうし》に鳴渡《なりわた》り　たた盤石《はんじやく》を落《おと》しかけたるよりすさましき《[凄]》有様也　女房と《[共]》もは　かのすかた《[姿]》声に気魂《きたま》もうしなひ《[失]》て　十方《とほう》にくれ《[暮]》て前後《ぜんご》をも弁《わきまへ》す　たたひれふし《[平伏]》て居《い》たるはかりにて　きへ《[消]》たりとも亦《また》いつち《[何処]》へ行《ゆき》たりとも　あとを見ととめ《[留]》たるもの《[者]》もなし　女の叫《さけふ》こゑ《[声]》に番《はん》の者ともおとろき《[驚]》て　戸しやうし《[障子]》を蹴破《けやふり》ぬき　つれ〱何方《いつかたも》は《[憚]》はからすかけ《[駈]》入〱見れとも　四方の障子《しようし》のかけかね《[掛金]》もちかひ《[違]》なく　宵《よひ》のままにてありけれは　不審《ふしん》なりとも中々あきれ《[呆]》はててそ居たりける　また爰《ここ》に偏《[ひとへに]》ふしん《[不審]》のはれ《[晴]》さるは　戸《と》立具《たてく》も響渡《ひひきわた》り

＊7　たよたよと　しなやかに。

大盤石《だいばんじやく》を打懸《かけ》るより冷《すさま》しきこゑ［声］なれと　男たるものの耳《みみ》には二三歳《さい》の童子《わらんへ》の耳にも入す　大山の崩《くずれ》かかりたる様なるすかた［姿］なれとも　男たる者の目には見へす　たた［只］女たるものの目耳には　上より下女のわらんへ［童子］に至《いた》るまて　見聞《きき》おとろか［驚］ぬといふ物なし

【口語訳】

十四日の丑の刻のころ、水屋の戸をそっと開け、書院のほうに向かって身の丈が七尺ばかりもある大入道が現われました。目は眉間のあたりにひとつだけ、日月のように照り輝き、鼻は高く、口は耳のそばまで裂けたように大きく、耳たぶは肩の上まで大きく下がり、肌には紅の肌着をつけ、その上に白地に萌黄色で一寸ばかりの太さの筋を左巻きにあしらった綿の厚く入った着物を着て、七、八寸ほどの太さの青竹を杖に突いて、三段ある階《きざはし》をしなやかに降りて座敷の真ん中に走り出て、杖を突きとどまると、紅の息を吐き出しました。

その息の響きは、板戸や障子に鳴り渡って、大きな岩を落としたよりもすさまじいものでした。

女房どもは、そのすがたや声に気を失って途方に暮れ、前後もわきまえずにただひれ伏しているばかりで、消えたともどこかへ行ってしまったともわからないまま、見届ける者もありませんでした。

女たちの叫び声を聞いて、用心の番をつづけていた者ども驚いて戸障子を蹴破り、あちこちの部屋を憚らずに駈け入ってみましたが、どこもかしこも障子の鍵もそのまま異常もなかったので、不審

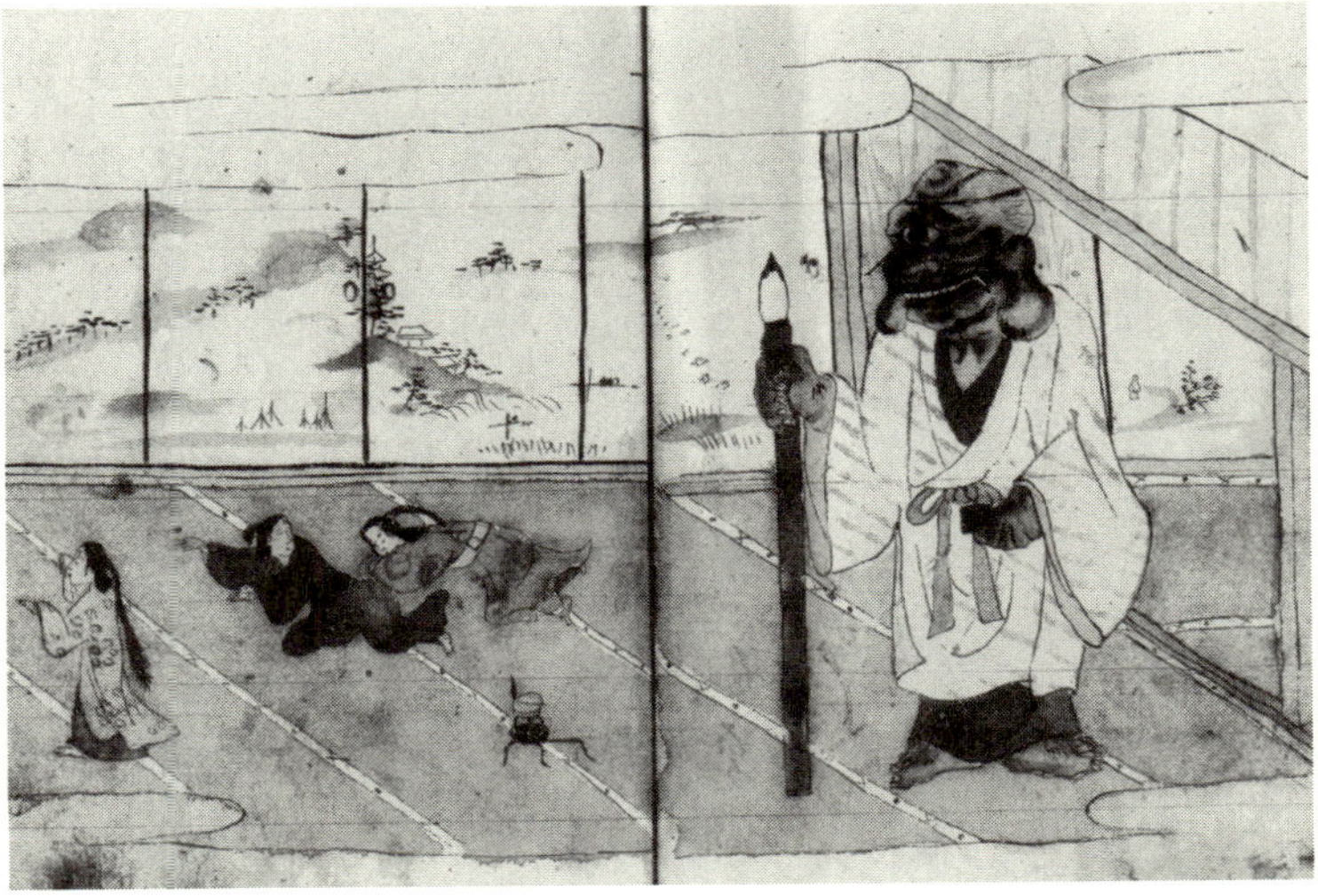

図 1-1-4　青竹を持ち部屋に入って来る一つ目入道
《変化物語》のなかで「ごく一部分のみが非常によく知られていた場面」だと言える。どの作品でも本文や絵で持物は明確に青竹であり、本作でそれが筆のようになっているのは後から穂先が描き込まれたらくがきの結果なのだろうとみられる。

はあるがどうしたことだとあきれてしまいました。

また、ひとえに晴れない不審な点は、板戸や障子といった建具が鳴り響くほどの、大きな岩を落としかけられたかのようなすさまじい声だというはなしであるのに、男たちの耳には二、三歳ばかりの童にさえも入らず、大山が崩れかかって来るような大入道のすがただというのに、男たちの目には見えないということです。ただ、屋敷の女たちの目や耳には、上は姫君たち、下は使用人の娘に至るまで、はっきりと見聞きしており、それらに驚かない者はいませんでした。

【解説】

屋敷の男たち（表方《おもてがた》）には、ほとんど手出しをせず、主に女たち（奥方《おくがた》）を狙という仕組みがこの一つ目入道の出現以後の津田屋敷の狐たちの化け術の主流となってゆく。青竹を持った一つ目入道が描かれているのはこの場面で、各種写本や絵巻物でも描かれている《変化物語》の主要場面のひとつである。巻之弐は墨によるらくがきの範囲が大きく、汚損により読み取りづらい箇所があるが、『変化物語』（武庫川女子大学）の同場面に完全に同じというわけではないがほぼ似た文章が見られ「眼一つ眉間と覚しき所に日月のごとく照かかやき　鼻高く　口は耳の脇までさけ耳大きに肩の上まて垂れ下り　衣装は地白に萌黄の一寸斗も有けん　左巻の着物に綿厚くと入たるを広袖にして着し　青竹の七八寸まはりの杖をつき　三つある階をたよたよと通り　座敷の真中に走出　杖をつき止り紅の息をつく」とあり、参考になる。

木村文右衛門のはなし（巻之弐）

【梗概】

津田屋敷の家老で武勇にすぐれた木村文右衛門《きむらぶんえもん》は、主人の留守に屋敷に現われはじめた妖物《ばけもの》たちを退治しようと立ち向かう。正々堂々とすがたを顕せ、と呼びかけると一つ目入道が笑いながら屋根の上に出現し、たくさんの大岩を投げつけてくる。岩石攻撃で戸障子も散々に打ち割られたが、翌朝になると穴ひとつなく、ただ小さな小石があたりに散らばっているだけであった。以後は、一つ目入道が屋敷の奥方だけではなく表方にもときどき現われ、中間下僕《ちゆうげんしもべ》などを驚かしはじめた。

【解説】

この文右衛門のはなしは補綴増補によって《変化物語》にあとから加えられたもののようである。あとがき（巻之八）にも言及がみられる。本文には「変化」と「妖怪」という熟語表現がほとんどを占めるが、この箇所は巻之八のあとがき箇所と同じ「妖物《ばけもの》」という熟語が使用されていることからも、その点はうかがうことができる。

六、狐の起こすへんげの妖怪

へんげどもを祓う祈祷をする（巻之弐）

【梗概】

家臣たちは、このままでは危険であるとして利信に飛脚を送る。また、利信の母は愛宕山から正覚院という法印《ほういん》（山伏）を招いて祈祷をしてもらうことにする。津田屋敷にやって来た法印は早速、不動明王を祀る祈祷を開始したが、その途端にものすごい震動が起こり、祈祷のための独鈷・三鈷・五鈷などの仏具が宙に勝手に飛び回りだし、香炉は灰を座敷中にまき散らした。法印は驚いて刀を抜いたが、そのまま気絶してしまった。

【解説】

「日本は神国なれば偏《ひとへ》に仏神《ぶつじん》の御力《ちから》を頼《たのみ》奉り神々に願書をつかはすべし」という利信の母の意見によって、祈祷が行なわれるが、ものの見事に手玉に取られてしまう。狐たちは、《神仏のたたり》であるという側面を打ち出したいため、宗教者の介入を全力で排除する。

困り果てる屋敷の者たち（巻之三）

【梗概】

利信の母や祖母（尼公）、そして幼い弟妹たちはひとつの部屋に集まって、へんげの出現に泣き震えて過ごす。乳母《うば》の駒井《こまい》が宿直《とのい》（夜の番）をしていると、十二、三歳ぐらいの禿《かむろ》がけたたましい声で「床の間をご覧なさいませ」と叫んだ。見てみると床の間に大岩にまたがった背の七、八尺ある山伏が剣と縄を持って立っていたので、叫び声をあげて倒れてしまった。家臣たちが来たときには、そのような大山伏はすがたを消していた。家臣たちは、尼公たちの寝所を別に移し警護を固めたが、これまで様々なへんげが打ち続いていることもあり、鼠の足音や障子が風に動く音にすらびくびくする日々がつづいた。

【解説】

駒井は利信の妹・豊姫の世話をしている乳母《うば》。大山伏は、前段で法印が祈祷のときに掛けていた不動明王の画像を摸して狐たちが見せたもの。屋敷の者たちは、へんげに対する恐怖から部屋から出る時は必ず数人で移動したりするようにもなった。

津田屋敷に現われた妖怪　蝙蝠・大蟹・犬・牛・童子（巻之三）

【梗概】

満足に眠れない緊張が最高潮に達し過ぎた疲れからか十月十七日は、屋敷の者はすっかり寝入ってしまった。その日の夜中、障子のすきまから一匹の蝙蝠《こうもり》が入り込んで眠っている人々の顔を撫でてまわった。毛のもじゃもじゃ生えた手に撫でられているような感触で、鼻をつままれた者もいたという。部屋の中に小さな蜘蛛《くも》がやって来て、天井にのぼっていったかと思うと、三尺ほどの大蟹《おおがに》になって雷のような音を立てて落下して来たりもした。他にも、普段から手馴れている犬が飛び込んで来たかと思ったら突然に馬に変わって失せたり、猫が膝の上に乗って来てごろごろしていたかと思うと犬の声で吠え始めて消えたり、大量の鼠が座敷を走り回ったりしたと思うと大きな牛になってどこかに消え去ったりもした。侍女たちが物語などをたのしんでいるところに突然入って来た童子が、例の巨大な一つ目入道に変身して驚かしてきたりもした。

【原文】

[*1]五更の鐘もつき《[撞]》ぬれは　ねむけ《[眠気]》つきたるとおほしき《[覚]》所に　障子の透間《すきま》もなき処《ところ》に蝙蝠《こうもり》ひとつ飛《とび》来り　[*2]羽風《はかぜ》はけしく《[激]》人の顔《かほ》をなて《[撫]》てとひ《[飛]》めくり《[廻]》しゆへ《[故]》　いね《[寝]》かねて居《い》る折節《おりふし》　こさかしき《[小賢]》女の云やうは不思儀《しき》なる事の候そや　蝙蝠《こうもり》の羽にて顔をなつる《[撫]》とおもへはさはなくして　毛のはへ《[生]》たる手にてかほ《[顔]》をなて《[撫]》てあるひは鼻《はな》をつま《[抓]》み候と申せは　われ《[我]》もそふ人もそふと　一度《ど》にふし《[臥]》しつみ《[沈]》　たか《[互]》

＊1　五更の鐘　丑三つ過ぎの真夜中に鳴る鐘。

＊2　羽風　羽ばたきの動き。

＊3　ある時は　以下、狐たちの見せたへんげの様子が書きつづられており、月日を明確にして順々に示す展開とは異なる書き

ひにしかみつき　ふし《臥》まろ《転》ひけり　扨*3ある時は*4ささ《細》蟹《かに》となり壁へ
は《這》ひかかり天井《てんじやう》の真中《まんなか》にゆくかとみれは　そのまま三尺四方斗の
大蟹《がに》となり　下へ落《おつ》る響《ひびき》は只《たた》*5鳴神《なるかみ》のごとくして消失《きへう》せ　又或時《あるとき》
はつね《常》に手なれ《馴》し犬《いぬ》となりて　飛《飛》つきとひかかり　さま〳〵*6奇術《きじゆつ》
をつくしされ《戯》かかるとおもへ《思》はそのまま三歳駒《さいこま》ほと《程》になりて消う《失》
せ　或《ある》ときは猫《ねこ》になりて　膝《ひさ》の上にて咽《のと》をならし《鳴》　そののち犬の
吠《ほゆ》るまねなとし《真似》■■■消失　又あるとき*7たそかれ《黄昏》時の事なるに
鼠《ねすみ》■変化《へんげ》座中《ざちう》にとひ《飛》出　あなたこなたと追《お》ひまはされて　日暮《くれ》て
後大なる牛《うし》となりて消失《きへうせ》し事もあり

【口語訳】

五更の鐘も撞き果てた時分になり、ようやく眠気づいてきたとおぼしいところへ、障子に隙間などないのに蝙蝠が一匹飛び込んで来て、羽風激しくひとの顔を撫でて飛びまわりだして、寝付けなくなってしまいました。

小賢しい女房が、このことについて、

方となる。このような形式は他の場面でもいくらかみられる。

＊4　ささ蟹　笹蟹、細蟹。蜘蛛のこと。本作では蟹の箇所の絵は存在せず、前段である蝙蝠の部分を絵にしているが、蜘蛛が大蟹になる場面を描いている作品（特に絵巻物の系統）のほうが確認できる数としては多い。本作の持つ大きな差異でもある。一四二頁も参照。

＊5　鳴神　雷。

＊6　奇術　羅列されている他の化け術と比較しても、犬が魔法を使ったようには思えないので、この奇術は犬の「芸当」のことをさしているのだろうかとみられる。

「不思議な事があるものです、蝙蝠の羽が顔を撫でているのかと思っておりましたが、そうではないのです、毛のもじゃもじゃ生えた手が顔を撫でたり、鼻をつまんだりしております」と語ると、吾もそう人もそうと皆が言い始め、女たちは互いにしがみつき合って、そのまま伏し転がっていたりしました。

さてまたあるときは、蜘蛛が現われて壁を這い歩いていたかと思うと、天井の真ん中あたりで三尺四方ばかりの大蟹になって、雷のような大きな音を発しながら落下して来て消え失せ、またあるときは、日頃から馴れ親しんでいる犬になって現われ、飛びついたりしてさまざまな術（芸当?）を用いてじゃれかかっているかと思ったら、突如三歳ぐらいの馬のような大きさになって消え、またあるときは、猫になって膝の上でのどを鳴らしていたと思ったら、犬のような吠え声を真似て発して消え、またあるときは、黄昏時に鼠になって座敷中に飛び出て、あちらこちらにそれを追い回させ、日暮れ後には大きな牛になって消え失せたりもし

図 1-1-5　蝙蝠の妖怪の登場場面
毛の生えた手で屋敷の女たちの顔を撫でたり、鼻をつまんだりしている様子。かなりはっきりと鼻をつまむ動作が描写されている。

＊7　たそかれ時　黄昏時。夕暮れどき。

ました。

【解説】

妖怪たちが頻繁に現われるので屋敷の者たちはゆっくりと眠ることができなくなる。やがて限度に達した睡眠不足から一日中眠ってしまった結果、眠っているあいだは恐ろしいものに現実で出会わないので「極楽世界なるべし」という屋敷の人々のせりふが登場する場面も直前にあり、おもしろい。そのようにのんきに語りあった直後に次々と出没した妖怪たちが、ここで羅列されている。

一つ目入道の夜着蒲団ぬすみ（巻之三）

【梗概】

一つ目入道が寝間の障子をあけて大量の夜着蒲団《よぎふとん》を運び出していることもあった。それを見つけた駒井が呼び止めて、夜着蒲団を引き戻したが、そのうちの一枚は地面にぴったりと吸い付いて動かなくなってしまった。五、六人で力をあわせて持ち上げようとしても、びくとも動かなかった。松明《たいまつ》を四方から近づけたら離れた。その場に居合わせた屋敷で馬取役《うまとり》をしている与助《よすけ》という男が「さても力のつよき狐かな」とつぶやくと、桃《もも》ぐらいの大きさの礫《つぶて》が飛んで来た。

【解説】

夜着蒲団は、着物のかたちをしている掛け蒲団。巻之三～巻之四でお七上臈のかぶっている着物（絹）も、見た目の大きさからするとこのような夜着蒲団に近いのかもしれない。馬取の与助は巻之七にも再登場する（一〇七頁参照）。

一つ目入道の味噌桶ふわふわ（巻之三）

【梗概】

またある日の夜、屋敷の侍従が味噌部屋へ行くと、一つ目入道がたすき掛けをして五尺もある大きな味噌桶を庭に運び出していた。やめろと呼びかけるが止まらないので、下僕《しもべ》たちを呼び出したが、彼らには一つ目入道のすがたは見えず、ただ桶だけがふわふわ浮かんで動いているように見えていた。どちらにせよ大変なことなので、追い駆けて切りつけたりしたが手ごたえはなかった。松明を四方からさしつけたところ、桶は地面にドサリと落ちて止まった。

【原文】

またある夜の*1四つ時分《じぶん》の事なるに　味噌部屋《みそへや》に用事有て侍従《しじう》ゆきけれは　彼一眼の入道玉*2たすき《たま》［襷］をかけ五尺の味噌桶《みそおけ》のむかひに両手《りやうて》を打かけ後すさりになりて庭中《にはのなか》へ持ていつる［出］　侍従《しじう》是を見てことは［言葉］をかけていふやうは　汝《なんち》［徒］あたをなすも物《もの》によるそかし　それは*3仏　神《ふつじん》にも奉り人間《てんけん》もつねに食《くろ》ふ物《もの》をけかし［汚］ぬる事勿躰《もつたい》なし■■そこに置《おけ》とて大音《おん》あけてよはゝり［呼］　二三間も追かけ［駈］たれとも

＊1　夜の四つ時分　夜中の二十二・二十三時頃。

＊2　玉だすき　玉襷。力仕事をするとき着物の袖をくくっておくための紐。

＊3　仏神　「神仏」ではなく「仏神」という用例のほうが本作には多い。

さなから近付事《ちかつく》のおそろしさに■を引とと《[留]》むる事もならさりけれは　其内七八間持て出る　せんかた《[詮方]》なさに番のものはな《[無]》きかと喚《よはは》りけれは　数《す》十人たいまつ《[松明]》をとほし《[灯]》抜つれぬき《[抜]》つれかけ《[駆]》出見れは　おけ《[桶]》はかり地より一尺も中をかたふき《[傾]》て西《にし》の方へ行《ゆき》ぬれと　持し入道のかたち《[形]》はみへす　動《うこ》く桶《おけ》を四方より数《す》十人の者とも微塵《みぢん》にくたけ《[砕]》よと切付《きりつけ》〳〵すれとも　おけ《[桶]》はにし《[西]》へあゆみ《[歩]》ゆく　あまり《[余]》せんかた《[詮方]》なさに*4松明《たいまつ》を四方よりさしつけけれは　そのまま下《した》に落《おと》しけり　若ものとも胸《むね》うちさすり　扨も無念《むねん》のしたひ《[次第]》かな　あつ《[適]》はれむかし《[昔]》の*5綱公時保昌《つなきんときほうしやう》が鬼神《きしん》をたいらけ《[平]》しいきおひ《[勢]》にもおとる《[劣]》ましとは思へとも　目に見へぬは力《ちから》なし　唯《たた》*6生有物《しやうあるもの》にてはあるましとて口々に罵《ののし》りて番所《はんしよ》〳〵に帰りけり

【口語訳】

また、ある夜の四つ時分の事です。侍従が屋敷の味噌部屋に用事があって行くと、あの一つ目入道が玉襷を掛けて五尺もある大きな味噌桶に両手をかけ、後ずさりするかたちで庭へと持ち運んでいました。

＊4　松明を四方より　夜具蒲団が地面に吸い付いて持ち上げられなくなった前の場面でも、松明を近づけられて狐の妖通力が破られている。

＊5　綱公時保昌　渡辺綱、坂田公時、平井保昌。絵巻物や浄瑠璃で親しまれていた四天王の世界の登場人物たち。これに卜部季武と碓井貞光そして源頼光が加わると大江山に鬼退治に行った武士たちの勢揃いとなる。

＊6　生有物にてはあるまじ　実体を持つ畜生や人間などのような存在では無い。

図 1-1-6a　桶をはこぶ一つ目入道

侍従はこの様子を見て、「おまえ、悪さをする物を少しは考えろ、そのお味噌は仏神にも捧げるし、人間も日頃から食べるものだ、それを汚《けが》すようなことはもったいない、すぐに置け」と大声で呼びかけ、味噌桶を追い駈けましたが、入道が怖いので近づくことがなかなかできず、引き留めることはできませんでした。

そのうちに味噌桶はどんどん離れていきます。困ってしまった侍従が、「番の者はおりませんか」と叫ぶと、松明を持って数十人が集まって来ました。見てみると、味噌桶が地面から一尺ほど傾きながら浮かんで、西の方へ動いていました。一つ目入道は侍従にしか見えておらず、番の者たちには味噌桶だけがふわふわ浮かんで見えていたのでした。

動いている味噌桶を、数十人で止めようと大勢で斬りつけたりしましたが、桶は西に向かって庭を進みつづけました。策が尽きてしまったので、松明を四方からぐるりと差しつけてみると、味噌桶はそのまま地面にドサッと落ちて止まりました。
番の者たちは、胸をなでおろしましたが、「しかし無念だ、まるで昔の綱《つな》・公時《きんとき》・保昌《ほうしょう》たちの鬼神退治にも劣らない素晴らしい妖怪退治だったのに、相手が目に見えないことにはどうしようもない、こいつは生《しょう》ある物ではないのだろう」と口々に罵《ののし》ってそれぞれの番所に戻りました。

【解説】

図 1-1-6b　桶をはこぶ一つ目入道
『変化画巻』での同場面（『ボストン美術館肉筆浮世絵』第 1 巻）

図 1-1-6c　桶をはこぶ一つ目入道
『丹後奇談変化物語』での同場面（『国華』1280 号）
味噌桶の場面は写本・絵巻物ともに狐たちが起こした妖怪として描かれている。『丹後奇談変化物語』（京都大学）にもほぼ同じ場面と構図を確認することができる。『稲生物怪録』の絵巻物にも妖怪が桶を運び出す場面がある。

大きな桶を置いた味噌部屋を備えているあたりからも、津田屋敷が規模の大きな屋敷であることを示している。一つ目入道が侍従ひとりにしか見えておらず、他の数十人の下僕たちの目には完全に透明状態になっている味噌桶だけがふわふわと浮いてゆく本文での表現は、非常に興味深い。ただし、その両方の状況を絵に同時同図として表現するのは非常に難しいことも、作例からよくわかる。

津田屋敷に現われた妖怪　大釜・塩俵など（巻之三）

【梗概】

ある時は、庭に置いてあった大釜が縄も何も無しに梁《はり》からぶら下がっているように浮いていた。また積み上げていた塩俵を屋敷のすぐ裏手にある海に何者かが投げ捨てていることがあった。


【解説】

巻之弐にあった法印が来たときの仏具なども同様であるが、家具などが動き回る、飛び回る現象は化物屋敷には古くから多彩に登場していることがわかる。巻之六にも道具の動き回る例は見られる（九二～九六頁参照）。

七、狐狩りに及んだが

利信のご還御《かんぎょ》（巻之三）

【梗概】

利信は十月二十三日に都から屋敷に帰って来て、それまでの様子を詳細に聴いた。そして、全ては狐たちの起こしたことであろうと考え、自ら狐狩りをすることを決め計画を練る。屋敷内の狐の隠れ場所になりそうな物や木々は全て点検させて焼き捨て、丹後国のあちこちから狩りのための犬たちを集めさせた。

【解説】

利信は「かれ（狐）は神通のもの」と述べて油断することなく準備にあたることを家臣や中間たちに命じているが、これは狐たちの持つ《ふしぎな能力》に対する恐怖ではなく、狐たちが人間同様に知識や技術を持った行動をとることに対しての純粋な警戒の態度であると読み解ける。

利信による狐狩り（巻之三）

【梗概】

屋敷中から植え込みや地面のでこぼこは無くさせ、鉄砲の準備も万端になった上で、太鼓の相図で狐狩りは始められた。しかし、ふしぎなことに集められた名犬たちは屋敷の縁の下に入って行こうとしなかった。犬引《いぬひき》（犬使い）たちは面目なさそうな顔をしながら、むりやり三十匹の犬を縁《えん》の下になんとか押し込んだ。屋敷の東側から追い込みをかけると、白まだらの狐が飛び出し、塀を越えて海の方へ跳び逃げたので、これを鉄砲で討ち破った。また、猫に化けて逃げ出していた狐は生け捕りにすることができた。生け捕りにした狐に対して利信は、「本当に神通力を持っているのならばそれを使って化けるなり逃げるなりせよ」と宣言した上で、得意の稲富《いなとみ》流の鉄砲を撃ち込む。狐は縛られたまま、脇腹と眉間を撃ち抜かれ殺された。

【原文】

扨《さて》弐疋《にひき》の狐を一所につな《繋》かせて　生《いき》たるきつねに死《しし》たる狐をみせて申されけるは　是は汝《なんじ》の親《おや》なるか子なるか夫《おっと》なるか妻《つま》なるかそれは兎《と》もあれ角《かく》もあれ　我《わか》やしきの内に年久敷《としひさしく》有て土地《とち》をあらすさへ　いく《幾何》はくの厚恩《こうおん》なるに　あま《剰》つさへ此ほ《程》とは人を悩《なやま》す条《じやう》*1いわれなし　何か褒美《ほうび》をまい《参》らせん　いや〱かれ《彼》にしなかは《品》りたらは　かたみうら《恨》みにおも《思》ふらん　又かれかと《如》く眉間《みけん》に鉄炮《てつほう》をほうひ《褒美》すへし　それ〱むか《向》ふにつな《繋》きな《直》をせ　とて*2稲富《いなとみ》か笠《かさ》の筒《つつ》を取寄《とりよせ》　*3玉薬《たまくすり》をこ《込》み　火縄《ひなは》を持添杖《もちそへつえ》につきて　狐に向《むか》ひ申さ

＊1　**いわれなし**　不当である。

＊2　**稲富**　稲富流砲術。鉄砲の流派のひとつ。稲富家は変化物語の舞台である丹後国田辺にあり（『天田・加佐・何鹿三郡人物誌』）、利信の鉄砲が稲富流と設定されているのも関連性があるといえる。

＊3　**玉薬**　火薬。鉄砲弾と

れけるは　生あらはよくきけ　さためて《[定]》＊4類《るい》も多《おほ》からん　なれはか
さねて狩《かり》いたし《[出]》　あとより＊5おひ《[追]》つかは《[遣]》すへし　なにと〱　汝日《なんじひ》
比《ころ》の　＊6神通方便《しんつうほうへん》はいかに　かやう《[斯様]》の時《とき》こそ神通も方便も其身《そのみ》のため
になるへきそ　いそき《[急]》神通をなし　命《いのち》をまぬかれ《[免]》よ　さなく《[然]》は此《この》
世《よ》の神通《じんつう》のしおさめに　彼入道《かのにうどう》や不動《ふどう》になりて見せよ　しからは
命を助《たすく》へしいかに〱　とせめ《[責]》玉ふ　兎角《とかく》のへんし《[返事]》なき事は　定《さだめ》
て神通をなしみせ《[見]》ましきと見へてあり　兼而《かねて》そみけん《[眉間]》とやくそく《[約束]》
しけれとも　先横《よこ》はら《[腹]》にうけてこころみ《[試]》よ　とて横腹《よこはら》を打貫《うちつらぬ》き玉
ふ処に　此狐飛《とひ》あかりはね《[跳]》あから《[上]》んとすれとも　もとより《[元来]》いまし《[戒]》
め置けれは自由《じゆう》にならす　ことのほか《[殊外]》いたましき《[傷]》有様也　又申さ
れけるは　なにと此比＊7あらぬすかた《[姿]》をなして人をなやまし《[悩]》たるか
面白《おもしろき》や　又はたた《[只]》今のてつはう《[鉄炮]》おもしろき《[面白]》かとて　眉間《みけん》を打つら《[貫]》
ぬきて殺《ころ》し玉ひけり

火薬。

＊4　**類**　一族。狐たち一同。

＊5　**おひつかわすべし**　追いつかわしてくれよう。追ってあの世に送ってやろう。

＊6　**神通**　狐たちのへんげのちから。神通力、妖通力。

＊7　**あらぬすかた**　とんでもないすがた。妖怪のすがた。

【口語訳】

さて、利信は狐狩りで捕らえた二匹の狐をひとつところに繋がせて、死んだ狐を見せながら、

「これは、汝の親か子か、または夫か妻であるかはわからぬが、それはともかく、わが屋敷内に年久しく棲みついて土地を荒らしていることさえ厚恩を受けている身の上であるのに、このごろは人々を悩ましていることはどういうことだ。何か褒美を参らせよう。いやいや、彼（撃たれて死んだ狐）と褒美の品が異なっては恨みに思われようから、また彼のように眉間に鉄砲を褒美として参らせよう。それそれ、向こうに繋ぎ直せ」

と命じますと、稲富流の笠の筒を手に取り、玉薬を込めて火縄を持ち添えて杖のように突きながら、狐たちに向かい、

図 1-1-7　生捕りにした狐を稲富流の鉄砲で撃つ利信

「生《しょう》あるのであればよく聞け、類《なかま》も多くいるであろう、それも追って狩り出してあとから追いつかわしてくれよう。何と何と、汝の日頃の神通方便はどうした、こんなときこそ神通や方便がその身のためになるべきであろう、急いで神通を使って命をまぬがれてみよ。そうでなければ、この世での術の使いおさめに、あの一つ目入道や不動明王のすがたになって見せてみよ。そうすれば命は助けてやろう、どうだどうだ」

と責めたてました。

「どうにも返事がないということは、神通をなして見

せようという気はないと見える、眉間に褒美をやると約束をしたが、まずは横腹に受けてみよ」

利信はそう言うと、狐の横腹を鉄砲で撃ちつらぬきました。狐は飛び上がろうとしましたが、縛りつけられていますので自由に動くことができないまま、ことのほかいたましいありさまでした。

「この頃あらぬすがたとなって人々を悩ましたのは面白かったか、それとも今のこの鉄砲のほうが面白いか」

と言うと、利信は狐の眉間を撃ちつらぬいて、ついに殺してしまいました。

【解説】

縛りつけた狐に対し、本当に神通力があるのならば入道なり不動なりに化けて見せるがよい、と利信が豪語しているが、これは利信が狐たちの術の根本《こんぽん》は小手先の幻術の技であり、何でも思いのまま如意自在に願いを叶えることのできる《真にふしぎな能力》ではない、という考えの持主であることを示す展開でもある。狐狩りに突入する前段階の準備の充実ぶりの文章表現は、巻之弐での津田屋敷の荘厳華麗な造りを表現した箇所と同様、やや過剰気味でもある。

ものすごい礫《つぶて》のひびき（巻之三）

【梗概】

狐狩りの直後には、二、三百の飛石《とびいし》（礫）が一斉に屋敷にぶつけられる音が響き渡った。しかし、屋敷の壁や戸には何も異常は無かった。障子の紙すら破れていることはなかった。これが六、七日もつづいたので屋敷の者も震えあがっていた。一カ月にも及んだ頃には、やがて馴れてくる者も出たが、やはりものすごい音が響くと恐ろしいことではあった。

【解説】

狐狩りの最中ではなく、狐狩りの後になってから発生するという点がこれらの現象が利信の見抜いているとおり、狐の妖通力によって起こされている幻術であることの証拠にもなっている。

津田屋敷に現われた妖怪　禿・大蛇・鳶・稚児（巻之三）

【梗概】

飛石のつづいた六、七日のあいだの期間、他にも妖怪は色々と見られた。屋敷の泉水《せんすい》のほとりに禿《かぶろ》が水遊びをしていたかと思うと消えたり、大蛇が梁《はり》を這いずり回ったり、鳶《とび》が衣桁《いこう》にとまったと思ったら一つ目入道に変わったり、美しい稚児《ちご》たちが季節はずれの桜の枝を持って五、六人連れだって塀ぎわを歩いていたり、風呂屋（浴室）から数百人も中に入っているかのような声が響いて来たりした。風呂屋には番人を置くようにしたが、そこでは枕返しが起こって、朝起きると南枕は東になり、東枕は西になっていたりした。

【解説】

枕返しも化物屋敷には定番のものだが、浴室の監視番たちの部屋で起こっており、利信に対しては発生していない。のちにこの浴室は妖怪がつづいたという理由で取り壊されている。ここで言及されている妖怪たちは詞書のない『変化画巻』（ボストン美術館）などに描かれている例と重なるものが多く、絵巻物を読み解く際にも役立つ箇所でもある。

津田屋敷に現われた妖怪　いろいろな声（巻之三）

【梗概】

数百人が大念仏を行なっているような声、たくさんの人々が笛や太鼓を鳴らして踊っている音、人の泣き叫ぶ声、人の笑い声など、さまざまな原因不明の怪音も五十日ぐらいつづいていた。


【解説】

音だけの妖怪は直接に絵画化しづらいこともあり絵巻物や写本でも絵になっていない。

八、取り憑かれたお七上臈

匂《におい》おばさんとお七上臈《しちじょうろう》のはなし（巻之三）

【梗概】

津田屋敷の門番の女房に匂《におい》という名前の五十歳ぐらいの女がいた。体格がたくましいことから「仁《に》王《おう》」というあだ名で呼ばれていたが、綿帽子《わたぼうし》をかぶり、左足に下駄《げた》、右足に草履《ぞうり》という変な格好で台所に現われ、「お七上臈さまに上方のお父上から飛脚が来ておりますヨ」と伝言をしに来た。台所の仲居からこれを聴いたお七上臈は、侍従に断って海沿いの門から出てこっそり飛脚から手紙を受け取る。それは奉書に包まれた祇園《ぎおん》さまのお洗米で、お七はうれし涙と共にそれを三粒飲み込んだが、ふと気づくと飛脚や近くの海辺に居たふしぎな水遊びをしていた禿《かぶろ》も消えていた。再びお洗米を見ると、もちの葉と馬糞になっており、さては《へんげのわざ》だったかと知ったお七上臈は気が動転し、後ろから何かがしがみついてくるような感触を受け、叫びながら自身の局《つぼね》へと駆け戻った。

【原文】

かかる所に　ある白昼《はくちう》の事なるに　門番《もんばん》の女房に匂《にほひ》といひて年五十歳《さい》あまりの女ありけり　長《たけ》五尺斗《はかり》にして　なりかたち《[形容]》たくま《[逞]》しく　*1二王《にわう》のことく《[如]》なりとて異名《いみやう》に二王とそ呼《よ》ひけり　彼女《かの》わ*2たほうし《[綿帽子]》をかしら《[頭]》に置　けた《[下駄]》を左にはき右に草履《そうり》をはきて　*3下《しも》た《[台]》い所に来■中居《なかい》の女を招《まねき》申やうは　西のつほね《[局]》におはします　お七上《しちしやう》らうへつたへ《[伝]》玉ふへきは　*4上方《かみがた》の御父《ちち》の方《かた》よりとてひきやく《[飛脚]》きたり《[来]》　あひ《[会]》申度《たき》とねかふ《[願]》なり　尤《もつとも》やすき事にて候へ共　御*5法《はっ》度《と》きひしき《[厳]》御家《いゑ》に候へは　ことわり《[断]》もなくして　むさと逢《あ》ひ申されⅰ候事は　いかか《[如何]》に候へは　父《ちち》こ《[御]》よりの文《ふみ》　わか身にわたせ《[渡]》と申せ共　とかくちき《[直]》に御目《め》にかかり申を　ことつて《[言伝]》おはしましほと《[程]》

＊1　二王　仁王。筋骨もりもりな点から、力の強そうなたとえ。

＊2　綿帽子……　綿帽子は女性が被る装身具。年配の女性がよくつける。つづいて書かれている左右に別々の履物を履いている様子は絵にもはっきり描かれている。

＊3　下台所　屋敷の台所のひとつ。

＊4　上方　都。

＊5　法度　掟。屋敷の女性

たちはみだりに外部の者と会ってはいけないことになっていた。

＊6　上　殿様。利信のこと。

に　何とそ《[卒]》御ことわり《[断]》を申玉ひて候へ　と伝《つた》へ玉はり候へ　若《もし》御出《いで》あらは裏《うら》の御門《ごもん》の外にまちい《[待居]》申よし　たのみ《[頼]》いり候なり　尤御供《とも》申たく候へとも　叶《かな》はぬ用の事候とて　くれ〲たのみ置帰《おきかへ》りけり　是も狐《きつね》にて侍《はべ》りけり　扨彼中居《さてかのなかい》の女　件《くだん》のとをり《[通]》お七にくわしく《[詳]》かたり《[語]》ければ　上方《かみかた》よりの飛脚《ひきやく》と聞　むね《[胸]》打さはき《[騒]》取物《とるもの》もとりあへす　侍従《じじう》かつほね《[局]》にまいり申けるは　此比うちつつき《[続]》夢《ゆめ》見あしき所に　只今上方《かみかた》の父《ちち》の方よりとて　ひきやく《[飛脚]》来り　直《ちき》にあい《[会]》口上に申たきことつて《[言伝]》有と申候へとも　御法度《はつと》の事に候へは　ことはり《[断]》を申　宜《よろし》く御はからひ《[計]》玉はり候へ　と泪《なみた》をなかし《[流]》申ければ　侍従《じじう》ききて　扨《さて》は＊6上《かみ》へ申に及《およ》はす　忍《しの》ひていて玉ひやかて帰り玉へといひければ　お七よろこひ《[喜]》てうら《[裏]》の門に走出《はしりいで》てみれは　たひ《[旅]》の装束《しやうぞく》したる男《おとこ》一人いたりけり　又海岸《うみきし》をみれは十二三はかりの禿《かふろ》一人　水あそひ《[遊]》して居たりけり　扨お七彼《かの》男に申けるは　わか身をたつぬる《[訪]》はその方にてはなきか　汝《なんぢ》はいつかた《[何方]》より参りけるそと問《とひ》ければ　おとこ《[男]》答《こた》へて申けるは　上方の二条玉《にじようたま》や

のなにかし《〔某〕》のかた《〔方〕》より　御ふみ《〔文〕》持てまいりて候　是々御覧《らん》候はは御《ご》合《が》点《てん》まいるへし　とてふみをわたし《〔渡〕》　扨又懐中《くわいちう》より奉書《ほうしよ》の紙にて包《つつみ》たる物を取いたし《〔出〕》申様は　是は母上《ははうへ》の祇園《ぎおん》*7にて祈念《きねん》あそはされ　神前《しんぜん》の御そなへ《〔供〕》にて■■■■き候へと申けれは　両手にとりいたたき《〔戴〕》て洗米《せんまい》*8三粒《りう》■口に入れ　扨々ありかたき《〔有難〕》母《はは》の御慈悲《じひ》哉《かな》と泪をはら〳〵となかし《〔流〕》けり　おつる《〔落〕》なみた《〔泪〕》をおしととめ《〔留〕》　眼《まなこ》を開《ひら》き見れは　彼《かの》ひきやく《〔飛脚〕》もみえ《〔見〕》す　海岸《うみきし》に有し禿《かぶろ》■見へす　こはふしき《〔不思議〕》なる事とおもひ《〔思〕》し内にも　よもや■■の内にはたとひ《〔仮令〕》空《そら》をかけるつはさ《〔翼〕》なりとも　五間《けん》とはとは《〔飛〕》しと思ひ　爰やかしこ　屏《へい》のこかけ《〔木蔭〕》　海岸に立より《〔寄〕》て見れとも　生有物《しやうあるもの》*9とては　虫《むし》にても目にかから《〔掛〕》さりけれは　いよ〳〵ふしん《〔不審〕》はれ《〔晴〕》さりけれは　洗米《せんまい》は一粒《りう》もなくして　*10もちの木の葉《は》と馬糞《ばふん》とおほしき物一塊《かたまり》はかりなり　扨は変化《へんげ》のわさ《〔業〕》なりとて　気《き》も魂《たましい》も消《きへ》はてて　たた《〔唯〕》うしろ《〔後〕》より　ものしかみつくやうに覚《おほ》へしにより　けたたましく局《つぼね》にかけ入けり

＊7　祇園　祇園社。祇園さま。

＊8　洗米　御洗米。神仏にお供えした洗い清めたお米。

＊9　生有物　いきもの。

＊10　もちの木の葉　もちの木は、巻之五の小石で墓石をつくった際にも狐たちに用いられており、本作では狐たちが「へんげのわざ」に用いることが多い植物。

【口語訳】

そんなあるときの白昼のことでした。屋敷の門番の女房に匂《におい》といって、年五十歳ばかりの女がいました。身長は五尺（約百五十センチ）ばかりで、見た目はたくましく、仁王《におう》のようだということで「仁王」という異名で呼ばれていました。

この女が綿帽子をあたまに置き、左足に下駄、右足に草履を履いた格好で下台所へやって来て、中居の女を招き、このように言いました。

「西の局《つぼね》におられる、お七上臈様へお伝え下さいませ。上方のお父上からだといって飛脚が来ておりまして、会いたいと申して来ました。──もっとも易きことだが、御法度が厳しいお屋敷だから、ことわりもなく勝手に会うことはだめだ、父御からの手紙はこの私に渡せ──と申したのですが、──とにかく直《じか》にお目にかかりたいと言伝《ことづ》てされて来ましたので、何卒おことわりを──と、言われたので、お伝え下さいませ。もし上臈様がお出でになりましたら、裏の御門の外に待っていますと仰って下さい、頼みますよ。私がお供をしたいとも思いますが、用事があっていけないから」

くれぐれも頼みますよ、と匂は帰って行きましたが、これも狐だったのです。

さて、この中居の女が匂の伝言をそのままお七上臈に詳しく語りますと、上方からの飛脚と聞いて、お七の胸は騒ぎ、取るものも取りあえず、局に来た侍従に、

「このごろは夢見の悪いことがつづいていたが、ただいま上方の父の方よりと言って飛脚が来たのだ。直《じか》に会って口上を述べたいとの言伝《ことづ》てがあるとのことだが、そのようなことを無断でするのはお

屋敷のご法度であるから、どうかそのことわりをとる旨を殿様によろしくうかがってくれ」と涙を流して言いました。侍従はそれを聞くと、

「それでしたら、お上へおことわりを申すには及びません、裏の門へ忍んでお行きになってそのまま帰って来て下され」

と言いましたので、お七が喜んで裏の門へと走り出てみると、旅装束の男が一人いました。また門のすぐ近くに広がっている海岸には十二、三歳ばかりの禿が一人、水遊びをしていました。

お七はその男に、

「私を尋ねて来たのは、そのほうではないか、おまえはどこから参った者だ」

と問いかけますと、男はこのように答えました。

「上方《かみがた》の二条にある玉屋某《なにがし》方より、お手紙を持って参りました。これこれをご覧下されば御合点いただけますかと」

と手紙を渡し、それとは別に懐《ふところ》から奉書紙で包んだものも取り出し、また言いました。

「これは母上様が祇園で祈念なされた神前のお供え物でございます」

お七はそれを両手に取っておしいただき、包みの中身の洗米を三粒を口に入れ、

「さてさて、ありがたい母のご慈悲であろう」

と涙をはらはらと流していました。落ちる涙をおしとどめて、お七が眼を開いてみると飛脚の男も、海岸で遊んでいた禿もすがたが見えません。「これはふしぎな事だ」と思いましたが、まさか空を翔

ける翼がついているほど足の早い者だとしても、こんな瞬くうちには五間も先へは翔ぶ事はできないと思いますから、ここかしこや、塀の蔭、海岸などを探して見てみましたが、生《しょう》ある物は虫すらも見つからず、いよいよ不審が晴れません。先ほど有り難がっていた洗米も、お米のかたちをしたものは一粒もなく、もちの木の葉と馬糞とおぼしきひとかたまりのものばかりになっていました。

「さては……へんげのわざであったか」

と気も魂も消え果てていると、うしろから何物かがしがみつくような感覚を得て、お七上臈はけたたましく局へと駈け入りました。

【解説】

お七上臈の津田家での立ち位置ははっきり描かれていないが、「局」にいるとされていることや、みだりに外との接触をしてはならないとされていることを考えると、側室のような立場の人物か。屋敷の海に面した門で手紙を受け取る際に、なぜか海辺で水遊びをしている禿については、なぜこの場面に存在するのかよくわからない。この場面は届けられたお洗米が馬糞だったという展開が主なだけに余計になぜ少し前の場面でも登場していた禿が再配置されているのかふしぎではある。もちの木は小石で造られた墓（巻之五、八八頁参照）にも用いられており、狐たちのよく使う木の葉っぱと考えられていたのかとも見えるが未詳。

引きこもってしまうお七上臈（巻之三〜巻之四）

【梗概】
自分の局《つぼね》に戻ったお七上臈は、着物をすっぽり全身にかぶって座敷の隅にうずくまったまま引きこもりつづけてしまう。侍従たちは手紙によくないことが書いてあったのだろうかと心配するが、お七が何も返答をしないので困り果てる。やがて「尼公さまにならしゃべってもよい」とお七が語ったので、侍従たちは尼公を連れて来る。

【原文】

＊1　なをもふしんは増鏡
なおも不審は増すの意。突然に掛詞が混じって来るパターンが本書にはいくつかあり、ここもそのひとつ。直後の「面」に連結する縁語でもある。

人々あやしみてつほね《[局]》に入てみれは　絹引《きぬひき》かつき座敷《ざしき》のすみ《[隅]》にう《[蹲]》
つくまりて居《い》たりけり　侍《じ》従立《じうたち》よりて申様《やう》　上方の文より《[寄]》を聞て
よろこはる《[喜]》へきに　さわなくして　憂《うれい》たるありさまは　若《もし》古郷《ふるさと》に
何事か有や　但《たたし》又はつら《[煩]》は敷ましますか　と返《かへ》す〱とひ《[問]》けれと
是非《せひ》のいら《[応]》へもなかりけれ　＊1なを《[尚]》もふしん《[不審]》はます《[増]》鏡《かかみ》　面《おもて》を見んと
すれともきぬ《[絹]》の内にかく《[隠]》してみせす　兎《と》も角《かく》も下《した》にてはから《[計]》ひか《[難]》
たしとて　かやう《[斯様]》〱の事にてさふらふ　と物かたり《[語]》申せは　と《[兎]》
かく《[角]》よくいた《[労]》はり　よくかさ《[重]》ねてようす《[様子]》をみるへし　とそのたま《[宣]》

図 1-1-8　部屋にこもってしまったお七上臈

引きこもって、かぶった着物の中から出ようとしない様子をしっかりと絵として描いている。

ひける　侍従くはし《[委]》くうけ《[承]》たまはり　かい《[介錯]》しゃく二三人を付置て一七日*2目まて侍けれと一度も顔《かほ》を見せす　もとより《[元来]》食事《しょくじ》もこのます《[好]》こなたよりあたへ《[与]》ぬれは　きぬ《[絹]》の内より手をさしいた《[出]》し引こみてしょく《[食]》し　食《しょく》じおわれはつき《[突]》出し　とかく《[兎角]》かほ《[顔]》は見せさりけり　侍従つら〱とあんする《[案]》に　是ひとへ《[偏]》にやまひ《[病]》とはみへす　たたへんけ《[変化]》のわさ《[業]》と見へたり　とて枕《まくら》もとにとくと打寄て申やうは　日をかそ《[数]》へみれはけふ《[今日]》一七日なり　さら〱病《やまひ》とみさるは侍従かひか《[僻]》目か　いかなる子細《さい》にて　彼にはつきそひ《[付添]》たるそや　恨あらはうらみ《[恨]》をは《[晴]》らすへし　のそみ《[望]》あらは望《のぞみ》をかな《[叶]》へて参らすへし　■■■侍従にいひ《[言]》きかせたまへ　なに事にてもかな《[叶]》へまいらせん　とそ申ける彼女絹《きぬ》の内より申ける■　なにとのそみ《[望]》を叶《かな》へたぶへしとや　さ《[然]》

＊2　一七日　いちしちにち。七日間。

あらは■一人にてはおほつか《[覚束]》なし西《にし》の尼公《にこう》をよふ《[呼]》へし　とそ申ける
侍従　*3にし《[西]》のつほね《[局]》にゆき　にこう《[尼公]》の御供《とも》申　まくら《[枕]》もとに座して
けり尼公《にこう》申されけるは　何の望《のぞみ》にて候そや　此たひ《[度]》つつか《[恙]》なくかへ
り玉はは　なに事にてものそみ《[望]》をかな《[叶]》へまいらせん　とそ申されけ
る

＊3　にしのつほね　西の局。利信の祖母である尼公の居室。

【口語訳】

人々があやしんでお七上臈の局《つぼね》に入ってみると、お七は着物をひきかついで座敷の隅にうずくまっていました。侍従が立ち寄って、「上方から来た手紙に喜ぶべきはずなのに、そうではなく悲しんでおられるのは、もしや故郷に何かございましたか、もしや何かよくないことでもありましたのか」と返す返すに問い掛けましたが、何も答えがありませんので、ますます心配は増しました。顔を見ようとしても着物をすっぽりかぶって見せてくれません。これはわれわれではどうにもできないということで、このような事になっておりますと上に報告しますと、「お七をよくいたわってやり、重ねて、よく様子を見るように」と命じられました。

侍従たちはそれを受けて、お七の局に介添えを二、三人置き、七日目まで様子を見ていましたが、一度も顔を出す事がありませんでした。

食事を進んで摂らず、こちらから与えると、すっぽりかぶっている着物から手を差し出し、中へと引き込んで食べ、食べ終わると突き出して来るという様子で、ずっと顔を見せることはありません。

侍従たちはつくづくこれを按じて、

「これはどうも病気のようには見えないぞ、へんげのわざではないか」

と枕元に打ち寄って言いました。

「日を数えると、今日は七日にもなる、病気と見えないのは侍従の僻目《ひがめ》ではない。どんな子細があって、お七上臈にへんげが付き添っているのだろう。恨みがあるのであれば恨みを晴らすし、望みがあるのであればそれを叶えてやろう、侍従に言い聞かせてくれ、何事でも叶えてやるぞ」

と言うとお七上臈がすっぽりかぶった着物の中からこのように言いました。

「何でも望みを叶えてくれると言うのか、それならばおまえ一人ではおぼつかない、尼公を呼んで来てくれ」

侍従は西の局へ行き、尼公に付いて戻り、お七上臈の枕元に座りました。尼公は、

「どんな望みがあるのだ、つつがなく元に戻るのであれば、どんな事でも望みを叶えてやるぞ」

と仰いました。


【解説】

お七上臈は、食事も侍従の運んで来たお椀などを、絵にも見られるように着物をかぶったまま中に引き入れて、食べ終わったらそれを突き出すという完璧に引きこもったかたちで食べており、狐に取

り憑かれたという状況の登場人物の動作の描写がこの場面では詳しく書かれている。

お七上臈の語ったお告げ（巻之四）

【梗概】

実は何かにしがみつかれた段階でお七上臈は狐に取り憑かれており、その狐が神仏を騙《かた》ったお告げをはじめたのだった。お七上臈は、尼公に対し「朝代大明神の使い」のお告げとして、愛宕山太郎坊の母上ならびにその息子である於平《おたいら》、娘である岩姫《いわひめ》が眷属を引きつれて二十三日から津田屋敷にやって来ること、それを迎える準備をせよとの内容を語り終えると、立ち上がって屋敷の外に駈け出して草むらに倒れ、やがて正気に戻った。お七には飛脚に会った以後の記憶は無かった。

【原文】

彼女申やうは　扨は願《ねか》ふ処満足《まんぞく》せり　今はなにをかつつむ[包]へき
われはたれ[誰]とかおもふらん　汝《なんぢ》が孫《まご》ともの氏神《うちかみ》　朝代《あさしろ》大明《みやうじん》神の使《つかひ》
なり　さる子細《しさい》ありて　*1愛宕山《あたこさん》の太郎坊《たろうぼう》の御母上《ははうへ》　なら[並]ひに太郎
坊の一男《なん》*2お平《たいら》　二女《しよ》岩姫《いわひめ》　眷属《けんぞく》引つれ　来《きた》る廿四日に此家《このいゑ》に来玉
ふへきとなり　家内に火を清め*3　水屋の内にしめ*4を張《は》り　廿三日
の丑《うし》の刻《こく》に愛宕山《あたこさん》へ御迎《むかひ》を奉るへし　扨廿四日には赤飯《せきはん》なら[並]ひに

*1 **愛宕山の太郎坊**　愛宕山に祀られている大天狗。

*2 **お平**　太郎坊の息子だと語られている。後の本文では「於平」と書かれる。

*3 **火を清め**　浄火を設ける。神仏のための火。

*4 **しめ**　注連。しめなわ。

＊5　神慮を涼しめ　神様をよい気分にさせること。
＊6　まじろき　まじろぎ。またたき。
＊7　時の声　鬨の声。かちどき。
＊8　顔うち赤め　顔を赤らめる。恥ずかしい。

洗米《せんまい》御酒《みき》等《とう》をそなへ　相まつ[待]へし　晩《ばん》にも踊《おとり》をはしめ＊5神慮《しんりよ》をすす[涼]
しめ申へし　かならす[必]神使を背《そむ》きなは　かさねて災難《さいなん》きたるへ
し　かまへていつはり[偽]申なよ　かさねて参会《さんくわい》すへし　さらはそこ
をのけ[退]や　とてかつき[被]たる絹《きぬ》を押のけ　ふつと立あかりたるあり
さまは　顔《かほ》の内そうけ[総毛]立目《め》すはり[坐]　＊6まじろき[瞬]もせす　ひたひ[額]に手
を押《おし》あててかけ出る　侍従《しじう》あとよりつづいて出　侍立《さふらいたち》は　なきか
後《あと》より追《おひ》つつき[続]て　いつ[何]方にてもあれ　草むらにたをれ[倒]ふす[臥]もの
そかし　さもあらは面《めん》々刀《かたな》を抜《ぬき》そろ[揃]へ　たとひは目《め》に物み[見]へすと
も　追《おひ》かくる体《てい》をなしてしかる[然]へし　と下知《けち》しけれは　あん[案]のこと[如]
とく門外《もんくわい》一町程過《ほとすき》て木《こ》かけに草《くさ》むら有　其所にてうつふせ[俯]にころ[転]
ひけれは　その時《とき》さふらひ[侍]とも一度に抜《ぬ》き　何《なに》■とはしら[知]ねとも
侍従下知にしたかひ[従]　＊7時のこゑ[声]をあけ五六間も追《おつ》てけり　彼女お[起]
きあかり　本性《ほんしやう》になり　さてもふしき[不思議]なる処に居《い》けるよ　とかほ＊8[顔]
うちあか[赤]め　さむらひ[侍]とも[共]にとりまかれ[取巻]てそまり[染]けり

【口語訳】

お七上臈は、それにこう言いました。

「願いが届いて満足している。何を隠そう、吾を誰であると思う。汝の孫たちの氏神である朝代大明神の使いである。さる子細があって愛宕山の太郎坊が、御母上ならびに太郎坊の息子・お平（於平）、息女の岩姫、眷属を引き連れて、来たる二十四日にこの家に来るのだ。家の中の火を清め、水屋に注連《しめ》を張り、二十三日の丑の刻に愛宕山へお迎えをするように。そして、二十四日には赤飯ならびに御洗米、御神酒などを供えて待つのだ。晩には踊りをはじめて神慮を涼しめ申し上げるように。必ずこの神の遣わしたお告げに背くことはないようにせよ。重ねて災難が訪れるぞ。決して偽りを申すのではないぞ、そのときまた参会するであろう。では、そこをどけ」

と言うとお七上臈は、かぶっていた着物をおしのけて、フッと立ち上がりました。

その様子は総毛立って、目は座り瞬きもせず、ひたいに手を押し当てて駈け出して行ったので、侍従はあとにつづき、侍たちもそのあとを追うため、つづいて駈けて行きました。

「どこであるかは知れないが、お七は草むらに倒れ伏していると思われる。そうしたらば、みんな刀を抜いて行け。目に見えないといえども、追い駈ける体で行くのだぞ」

と侍たちは命じられていましたが、案の定、屋敷の門外を一町ほど過ぎたあたりの木蔭の草むらで、お七上臈はうつぶせに転がっていました。そのとき、侍たちは一度に刀を抜き、何がいるとも知らないものの、侍従も命じられた通りに鬨《とき》の声をあげ、さらに五、六間ほどの距離を追い駈けました。

お七上臈は、起き上がって正気に戻ると、
「どうしてこんなふしぎなところにいるのでしょう……」
と顔を赤らめ、侍どもに取り囲まれたまま、頬を染めて恥ずかしがっていました。

【解説】

このお告げに、愛宕山太郎坊の子息という設定の於平《おたいら》と岩姫《いわひめ》の名前がはじめて登場する。以後は、狐たちの見せるウソ霊験に尼公たちが信仰を深めてゆく展開が加速してゆく。日付についてだが、日しか表記されておらず、この霊語《おつげ》以後の展開は何月の出来事であるのかがはっきりしない。

九、霊験あらたか愛宕さま

愛宕さまを迎える尼公たち（巻之四）

【梗概】

尼公たちは屋敷に再びわざわいがあってはいけないと考え、愛宕さまを迎えるための準備をお告げどおりに進めさせ、赤飯を炊き、踊りの準備をした。二十三日の夜になると中間たちに松明《たいまつ》を持たせてお迎えをし、二十四、二十五日には笠鉾《かさぼこ》を立てた盛大な踊りを奉納し、その神慮《しんりよ》を涼しめさせた。尼公たちはこれを利信の耳には入れぬよう侍従や使用人に堅く申し渡しており、利信自身は一切このことを知らなかった。

【解説】

お告げには「利信に伝えるな」という注意事項は出ていなかったが、尼公たちは踊りの奉納のことが利信に伝わらないように努めている、確実に制止されることを予測したものか。踊りは座敷の中で行なわれ、二十人もの踊り子が編成された。

踊り子の語ったお告げと霊験（巻之四）

【梗概】

やがて、踊り子のひとりが倒れ、お告げを語り出した。稲荷大明神であると語ったそのお告げでは、尼公たちの歓待や奉納を褒め、愛宕山の一行がよろこんでいるということが伝えられた。また翌日には屋敷の水屋に霊鷲山《りようじゆせん》を招き見せるというありがたい霊験を顕《あらわ》し、尼公や利信の母たちを感動させ、《真神《しんじん》》として信仰を深めていく。

【解説】

もちろん全ては津田屋敷の狐たちが行なっているウソ霊験である。水屋は、屋敷の水まわりのことをする部屋、物語では以後は神仏（狐たち）がお告げをする場所として活用されつづける。霊鷲山はお釈迦さまが説法をしたとされる天竺の山。霊鷲山と共に現われたものに極楽世界のような異香《いきよう》や音楽、牡丹や獅子などがあるが、獅子の描写には無意味に「たいきんりきんの獅子一」などと『石橋《しやつきよう》』にみられる謡《うたい》の文句も見られ、《変化物語》における武家文化の要素が垣間見られる。

斎《いつき》大明神のはなしと怒る利信（巻之四）

【梗概】

毎夜、踊りの奉納はつづき、踊り子に再びおりたお告げでは「明日には斎大明神も訪れる」との内容が語られた。太鼓を鳴らす神楽でお迎えをしろという指示に従い、尼公たちは踊りを変えるが、その座敷へ利信がたまたま入って来てしまう。祖母と母の有様を見た利信は「狐に心を奪われております」と泣き、侍従たちに以後は全ての様子を報告するように厳しく申し渡した。その後、利信は狐たちが霊鷲山を見せたという水屋に向かい、「生《しょう》のあるものであるのならば正々堂々とすがたを現わして勝負をせよ、すでに退治した二匹のようにしてくれる」と大声で呼びかけ、狐たちを挑発した。

【解説】

斎大明神は丹後国片野郡にあり、金麿親王（麿《まる》子《こ》親王）が鬼たち（鱏《えい》古・軽《かる》足《あし》・土《つち》車《ぐるま》）を退治したはなしで知られる。補綴によって足されたものか、斎大明神の寺社縁起がここでは詳しく語られているが、こまかい内容や、鬼の名前（鬼《き》喉《こう》増《ぞう》蔵《ぞう》となっている）は縁起物語とは異なっている。尼公たちがひそかに狐の術による神仏の信仰におちいっていたことに対する利信の怒りは大きく、侍従たちに対し少しでも報告の上でかくしごとをしたら、庭の木にぶらさげて一日ごとに指を一本もぎ取ってゆき、最後に頭を叩き砕くとまで申し渡している。

一つ目入道の泥だらけの手（巻之四）

【梗概】

梶井《かじい》、駒井《こまい》、熊谷《くまがえ》の三人が室内で綿《わた》仕事をしていると、一つ目入道が現われて熊谷を投げ飛ばし、駒井・梶井の顔を泥だらけの手でつかんで消え失せた。集まった屋敷の者たちはこの出来事について三つの不審な点を語ったりした。一つめは熊谷の投げ飛ばされた上台所《かみだいどころ》は屋内で一直線に投げられただけでは絶対に落ちるはずの無い場所なこと。二つめは家屋台が壊れるほどの大音が響いたのに無傷であること。三つめは駒井・梶井は泥だらけだった入道の手につかまれて泥まみれになったはずなのに、入道に投げ飛ばされた熊谷には全く泥のついてないこと……。

【解説】

駒井と同様、梶井と熊谷も乳母かと考えられる。この場面では突然屋敷の者たち（物語の登場人物）を用いた、これまでの現象についての不審点を語り合う会議が本文で始まる。

助言を乞います芳庵《ほうあん》どの（巻之四）

【梗概】

利信と親しい友である芳庵という浪人は、もともと大国の家臣で儒学や神道、仏門にも通じた人物であった。尼公は芳庵を呼んで、屋敷にやって来た尊い神仏を信仰するように利信を説得して欲しいと泣きながら頼み込む。芳庵は尼公の要求を受けて利信に対し、しばらく様子を見てはどうかと持ち掛ける。しかし利信は、妖怪は人の心によって起こるものであり、尼公たちがみだりに奉納などをしつづける限りは何も変わらず、狐たちも増慢するだけであると語り、首を縦に振らない。

【解説】

芳庵も、主家を失っている浪人である点は津田家同様に徳川時代初期の武家の流転の様子がうかがえる。芳庵との会話の中でも、睡眠中に尼公や利信の妹たちが大きな鬼に蒲団ごと掴まれたことなどが語られている。また、芳庵の会話中にも妖怪についての話が出てくるが残念ながら巻之四のその箇所はらくがきによる墨の汚損が激しく判読不能箇所があり、意味の読み取れない部分もある。序文にも引かれている利信の「ふしぎとすればふしぎ、ふしぎとせざればふしぎにあらず」という発言はここで発せられている。

利信と芳庵の妖怪問答（巻之四～巻之五）

【梗概】

利信は漢土の例を引き、宋の程伊川《てぃいせん》の母と鬼のはなし、智賢禅師《ちけんぜんじ》と虎《とら》のはなし、唐の魏元忠《ぎげんちゆう》と梟《ふくろう》のはなし、南宋の張南軒《ちようなんけん》と淫祠の像の中にいたふしぎな虫のはなし、道樹禅師《どうじゆぜんじ》と魔道の野人《やじん》のはなし、程明道《てぃみょうどう》の石仏のはなし、唐の狄仁傑《てきじんけつ》が淫祠を破毀したはなし、など妖怪や淫祠に関する故事を示して自らの主張をつづける。いっぽう芳庵は心を静かにして様子を見るべきであるとして、禹王《うおう》と有苗《ゆうびょう》（苗民《びょうみん》）のはなし、『二十四孝』の大舜《たいしゅん》のはなしなどを示し、また亡魂などがあやしいことをつづけても原因が解決されれば鎮まるとして、後漢の王忳《おうどん》と旅宿の霊鬼のはなしなどを語り、踊りを奉納することが解決につながるのならばつづけてみることも相手の観察のひとつであると説いた。利信はこれに順《したが》い、芳庵に尼公たちの行動を見張らせ、しばらく様子を静観することにした。

【解説】

程伊川の母と鬼のはなしは『河南程氏文集』などにあるもの。『北渓字義』の張南軒とふしぎな虫のはなしと同様、朱子学で「妖は人に由りて興る」の考えを教える説話として用いられる。狄仁傑と淫祠破毀のはなしも朱子学でしばしば用いられる説話で、この段の内容および利信の妖怪に対する考えや態度の基本が朱子学の書物や幼学書（注釈書）をお手本としていることがわかる。

愛宕さまからのごほうび（巻之五）

【梗概】

芳庵が利信を説得してくれたことに尼公はよろこぶ。芳庵は「あくまで相手の出方をみるためであるので油断はなさらないで下さい」と告げるが、尼公は余りそこには気をかけていない様子で、座敷に笠鉾を立て、愛宕さまをはじめとした神仏への踊りの奉納を再開させる。すると、精の米《しらげ》（白米）が踊り子や笠鉾の上に降って来る。引き続いて踊り子を通じて「於平《おたいら》さまは今宵の踊りにおよろこびである」とのお告げもあり、たくさんの美味しそうな木練柿が部屋に降って来た。

以後、夜ごとに踊りの奉納をするたび、奉書に包まれたいろいろな菓子や新刻みの煙草が、投げ込まれたり、袖のなかに入っていたりすることがつづいた。やがて、踊り子を通じてお告げを語るのではなく、水屋に屋敷の者を呼び出して神勅を下すというかたちに移り変わって行った。これと同時に津田屋敷にはこれまでのような妖怪に驚かされるような事件は少なくなってゆく。

【原文】

夜半《やはん》はかりの比《ころ》*1おとり《[踊]》を納《おさめ》けれは　また踊子にのり移《うつ》りて申けるは　さても今宵のおとり《[踊]》神妙《しんめう》なり　愛宕山《あたごさん》の於平一しほ《[入]》嬉《うれ》しくお《[思]》ほしめ《[召]》すなり　あす《[明日]》も日くれ《[暮]》より亥《い》の刻《こく》までおとり《[踊]》て　神慮《しんりよ》をすすしめ申へし　此　*2菓子《くわし》をしよく《[食]》してはや《[早]》〱ふす《[臥]》へし　とて*3こねり《[木練]》柿《かき》六七十はかり　はら〱と天井《てんじやう》のかた《[方]》よりおとし《[落]》　女は身ふるひ《[震]》して本性《ほんしやう》になりにけり　かたち《[形]》つね《[常]》の柿《かき》とみゆれ共　た《[誰]》れかは*4おに《[鬼]》をいたさんといふもの《[者]》なかりしところに　こさかしき《[小賢]》をんな《[女]》すすみ《[進]》いて《[出]》　なにしにくる《[苦]》しかるへしとて　ひとつとり《[取]》てしよく《[食]》しあぢ《[味]》はひて　みな《[皆]》〱きこしめされ　はやつね《[常]》の柿にておわしける　と申しよりみるより　合しよく《[食]》しけり　それよりもおとり《[踊]》のたひこと《[度毎]》に色《いろ》々のくわし《[菓子]》とも何方ともし《[知]》れす投にけり

＊1　踊り　愛宕山太郎坊の息子の於平《おたいら》（実は狐）に対して尼公たちが踊り子を仕立てて毎夜奉納していた笠鉾踊り。

＊2　菓子　木の実・果物を示しているようだが、物語世界は足利時代以後でもあり、色々な菓子にはどのようなものが含まれているのか気になる部分もあるが木練柿以外、詳しくは描かれていない。

＊3　木練柿　甘く熟した柿。おいしい甘柿。

＊4　鬼　毒見のための試食。

あるいはたれ《〔誰〕》にとらするなと《〔等〕》て　をんな《〔女〕》とも《〔共〕》の名さし《〔指〕》なと《〔等〕》いたし　あるひはたはこ《〔煙草〕》のしんきさみ《〔新刻〕》*5を奉書《ほうしょ》の紙《かみ》に包《つつみ》　其上になるほとほん《〔本〕》事なる　*6能筆《のふひつ》にて名なとかき《〔書〕》　あるひはなけ《〔投〕》　あるひはとら《〔取〕》するもの《〔者〕》の袖《そで》の内なとにおき《〔置〕》ける事たひ《〔度〕》〱の事にておわしましけり

お毒見役は「鬼役」とも称された。

＊5　新刻み　煙草の葉っぱを刻んだもの。刻み煙草。

＊6　能筆　達者な筆。整った美しい文字。

【口語訳】

夜中に踊りを奉納しおえますと、また踊り子に神がのりうつって語り始め、

「さても、今宵の踊りは神妙で、愛宕山の於平もひとしおに嬉しく思し召しであった。明日も日暮れより亥の刻まで踊り、神慮を涼しめ申し上げるように。この菓子を食べて早々に眠るがよかろう」

と木練柿が六、七十ばかり、ばらばらと天井のほうから落ちて来ると、踊り子の女は身震いをして正気に戻りました。

かたちは普通の柿でしたが、進んで「鬼」になって食べてみようという者はいませんでした。

小賢しい女房がひとり出て進んで、

「何、心配することはございませんでしょう」

と一つ取って味わってみて、

「みなさん、召し上がってごらんなさい、普通の柿でございますよ」

と言いましたので、みんなでそれを食べました。

それからというもの、踊りを奉納するたびごとに色々な菓子を、どこからともなく屋敷に投げ込んで来ました。あるいは誰々にとらせるなどと称して女たちの名前を示して渡して来たりもしました。煙草の新刻みを奉書紙に包み、上書きの名前を立派な能筆でしたためて、あるいは投げ込んで来たり、あるいは与える者の袖の中に入れておいたりすることも、たびたびみられました。


【解説】

尼公は、夜に床の間の落とし掛けの部分から髪を打ち散らした顔が現われてにっこりと咲《わら》いかけて来て怖かったが、今宵からは心安く眠ることができますと芳庵への礼のことばでサラっと語っている。利信の黙認を確認したのか、狐たちの行なうウソ霊験は調子に乗り始め、本格的なものになりはじめる。木練柿に対して、本当に食べられるのかどうか、はじめのうちはあやしんでいたりするのもおもしろい点である。煙草が一般的なものとして登場することからも《変化物語》の世界や定着した時期が徳川時代初期であることを意識できる。

十、水屋へおそなえするは鮹《たこ》

水屋でのはじめてのお告げ（巻之五）

【梗概】

水屋から「駒井、駒井」という誰とも知れぬ声がしたので、「これが水屋でのご神勅か」と駒井が

三、四人を伴って行ってみると、天井から声がして「愛宕山からおいでがあった、御足《おみあし》を洗うから、新しい盥《たらい》に湯を入れて浴衣《ゆかた》を添えて水屋の縁の下に置け」というお告げがくだった。そのとおりにすると、やがてまた「駒井、駒井」と水屋から呼び出しがかかり、「先刻の足の湯を捨てよ」との声があったので、確かめてみると、盥の水は誰かが足を洗ったらしく赤土を溶いたように濁っていた。また侍従に対しては「愛宕山よりおいでの御客は三人、お膳に料理を用意しろ」と、その献立内容に到るまで細やかに指定した。侍従は指示通りにお膳をあつらえ、水屋の棚に供えた。

【原文】

扨又あくる日の七つ時分《じぶん》の事なるに　水屋の方より駒井《＊1こまい》〱とぞ呼《よひ》にける　駒井おもふ様は宿《よべ》の　約束《＊2やくそく》とはおもへとも　何とやらんおそろしさに　三四人伴《ともな》ひ水屋に行《ゆき》　なに事にて候と申せは　天《てん》井《じやう》の上の様におほ《[思]》しくていふ様は　唯今《たたいま》愛宕山《＊3あたこさん》より御出ありあたらしきたらひ《＊4[盥]》に湯《ゆ》を入《いれ》　遊《＊5ゆ》かたをそへて水屋《みつや》の縁《ゑん》の下《した》へまいらすへし　構《かま》えて〱人をはのく《[退]》へし　又日くれ《[暮]》なは追付　踊を始《にしむ》へしとそ申ける　其呼る《こはは》声女の声にして　其あいた《[間]》にありあふ《[在]》ひと〱《[人]》の耳《みみ》に入にけり　扨件《くだん》の通《とを》りあし《[足]》の湯《ゆ》にゆかた《[浴衣]》をそへ《[添]》

＊1　駒井　津田屋敷に勤める乳人《めのと》のひとり。何度も狐に化かされている。

＊2　約束　今後のお告げは「のりうつり」ではなく水屋で語るので、呼び出しをかけたらすぐに水屋へ来いという約束。

＊3　愛宕山から御出　愛宕山から神仏が津田屋敷へやって来るという予定。

＊4　**たらひ**　盥。移動で汚れた足をすすぐお湯を入れておくためのもの。

＊5　**遊かた**　浴衣。湯かたびら。

＊6　**料理**　お膳を供える行為は、狐憑きへの対処に、大量の小豆飯や油あげを要求するものが一般に見られもするが、ここでは神仏への供え物というかたちで要求されている。

＊7　**菜**　おかず、副菜。

＊8　**足打**　お膳の種類の一つ。足打膳。折敷に足のついているもの。

＊9　**土器**　かわらけ。素焼きの土製の食器。

＊10　**鮹**　やたらに鮹にこだわりをみせる点がここからはじまるが、狐と鮹、あるいは愛宕と鮹といっ

水屋のえんの下におきてかへり《〔帰〕》けれは　少《すこし》のほと《〔程〕》ありて　また駒井をよひ《〔呼〕》て申けるは　先《せん》こく《〔刻〕》のあし《〔足〕》の湯をとり《〔取〕》てすて《〔捨〕》よとそ申ける　駒井とり出し見て候へは　あかつち《〔赤土〕》をとき《〔溶〕》たること《〔如〕》くにこり《〔濁〕》てさふらひけり　又侍従《じじう》を呼《よはは》りて申けるは　御客《きやく》三人有《あり》　＊6料理《れうり》を申付へし　食汁《めしじる》＊7菜《な》を　＊8土器《かはらけ》にもりて　＊9足打《あしうち》にてまいらすへし　何時茂《なんどきも》菜《さい》は＊10鮹《たこ》を備《そなへ》よとそ申ける　侍従うけ玉はり　おしへ《〔教〕》のこと《〔如〕》く水屋の棚《たな》に膳《せん》をすへ《〔据〕》にけり　其後《のち》膳をあけ《〔上〕》て見けれは　かわら《〔土器〕》けはかりにて盛《もり》たるものはすき《〔空〕》となりけり　此事利信《としのふ》聞給《きたま》ひていよ〱うたかふ《〔疑〕》所なく狐にてあるへし　重《かさね》て人を呼《よはは》はらはこなたへ告《つぐ》へし　其時ねらひ《〔狙〕》よりて　よはは《〔呼〕》りてゆく女のつらかたち《〔容貌〕》をむく《〔向〕》る処《ところ》を考《かんか》へ　＊11二つ玉にて打へし　とて鉄炮《てつほう》を取寄《とりよせ》＊12玉薬《たまくすり》を篭置《こめおき》玉ふ

【口語訳】

さてまた翌日の七つ時ごろ、水屋から「駒井、駒井」と呼ぶ声がしました。

た供物の関係は未詳。しかし、膳の故実などをみると武家の膳に鮪は欠かせぬものの一つではあったようである。一四六〜一四七頁も参照。

＊11 二つ玉　鉄砲。

＊12 玉薬　火薬。鉄砲弾と火薬。

駒井は、前夜に約束したことであろうかと思いましたが、何やら恐ろしい気がしたので三、四人を引き連れて水屋へ行き、「何事でございますか」と訊ねると、天井の上のほうとおぼしきあたりから声がして、

「ただいま愛宕山からおいでがあった。真あたらしい盥《たらい》に湯を入れ、浴衣を添えて水屋の縁の下へ準備しておけ。くれぐれも人除けはしておくように。また日暮れになったらば踊りをせよ」

と告げました。声は女の声のようで、駒井以外のその場にいた者の耳にも聴こえました。

いわれたように足をすすぐお湯に、浴衣を添えて水屋の縁の下に置いて帰ると、しばらくしてまた駒井を水屋へ呼び出す声がして、

「先刻の足の湯を取って捨てよ」

と告げました。駒井が盥を取り出してみると、お湯は赤土を溶いたように濁っていました。

また、侍従も水屋へ呼び出され、

図 1-1-9　お膳を運んでいる駒井

庭先には愛宕さまが足を洗うための盥も描き添えられている。

「御客は三人おられる、料理をつくるように。飯・汁・菜を土器に盛り付け、足打膳で持って来るように。なんどきであっても菜には鮹を供えるように」

と命じられたので、侍従が教えどおりに水屋の棚にお膳を据えました。

後にお膳を上げに来て見ると、お膳の上は土器だけで、盛りつけられていたものはなくなっていた。

このことを聞いた利信は、

「いよいよこれは疑うところなく狐であろう、また人を呼び出すことがあったらば、こちらへ告げよ、そのとき狙い寄って、呼ばれて行った女が顔を向けている位置から計算をして、二つ玉で撃ってくれよう」

と言い、鉄砲を出して玉薬を込めました。

【解説】

最初に駒井がひとを連れ立って水屋に行ったのは、ひとりで行くのが怖かったため。お膳については、足打《あしうち》に飯・汁・菜《さい》を土器《かわらけ》で盛りつけ、菜《さい》には鮹《たこ》を毎回用いるべきことを指定している。しばらくしてお膳をさげにゆくと料理はからっぽになっており、これによって利信も狐たちの仕業であることに間違いないと見ている。足打は礼法では大名の格式に用いられる。

利信に対してのお告げ（巻之五）

【梗概】

狐たちが行なっているということの確信を得た利信は、鉄砲に弾と火薬を詰めていたが、それに対して水屋のお告げは「仏神は神変奇特の通を持ち、鉄砲などでは撃つことは出来ぬ、蟷螂《とうろう》が竜車《りゅうしゃ》に向かうよりも万倍愚かなことだ、善心にたちかえるがよい」と語り、侍従にそれを伝言させた。それを聞いた利信は笑い飛ばして「畜生の口が何を言う、鉄砲で撃ち抜いて確かめてやるから、すがたを現わせと伝言しろ」と答えた。侍従は困ってしまい、利信の母に相談に行くと、母は利信の神仏に対しての無礼な態度に涙を流す。そして尼公と共に水屋に赴いて利信の悪口態度を許してくれるようにと数珠をもみながら詫び、必死に祈りを捧げた。


【解説】

侍従が右に左に伝言を運ぶ展開で、完全に人間電話の役割になっている場面である。水屋でお告げをしている稲荷大明神（を騙る狐）は、尼公たちの態度を褒め、於平さまの怒りを鎮めるため、さらに踊りの奉納をつづけるように促す。

踊りへのごほうびがない（巻之五）

【梗概】

踊りの奉納をしても、しばらくのあいだは何も神仏からのごほうびが降らなかった。そのために尼公たちは利信の発した悪口にいまだ愛宕さまがお怒りなのかもしれないと心配しはじめる。踊りをつづければおよろこびになるはずと、夜中まで踊りを奉納しつづける。すると水屋から二、三十人が畳を叩いて大声で叫ぶような音が前触れもなくはじまったので、しばらくウソ霊験も妖怪も発生していなかった津田屋敷は久し振りに大騒ぎになった。

【解説】

畳を叩く大きな音が響いたという展開が突然出て来る部分などは、「畳叩き」などの音の妖怪たちとの関係も考えてゆくことができそうではある。

小狐が小石でつくる真四角な墓石（巻之五）

【梗概】

屋敷の者たちが騒ぐのを聞きつけた利信も刀を持って飛び出し、水屋の方へ向かうと、座敷に三寸ほどの小石をきっちりと重ねてつくった三尺五寸ほどの四角い墓石ができており、もちの木の枝が挿されていた。名人が切った石のように真四角だったが他に水屋には何も変わったところはなく、利信はこの小石でできた墓石を踏み崩し、中間たちに捨てさせた。小石を捨てて戻ると、再び大勢の人間が泣き叫ぶような声が響いたので水屋を確かめると、今度は同じ小石でつくられた墓石が二つあり、もちの木の枝を半分にねじり切ったものがそれぞれに挿されていた。これもまた崩して捨てさせたが、その夜は以後なにも起こらなかった。

【原文】

扨九つ過《すぎ》の事なるに　水屋の内にて人二三十人の声《こえ》をたて　畳《たたみ》を

たたき《[叩]》大音《たいをん》をあけ《[上]》おめき《*1[喚]》さけ《[叫]》ひてなき《[泣]》にけり　此比《*2》なに事《ごと》もなく打わすれたる折からなれは　一入《[ひとしお]》上下おとろき《[驚]》さわき《[騒]》皆ちり〱に表ての方《*3》へかけ《[駈]》いて《[出]》んとするを利信聞付　守近《*4もりちか》か打たるはは《[幅]》広の二尺七寸ありける七つ《*5なな》たう《[胴]》の刀《かたな》を追取《おつとり》てこし《[腰]》にさし　手燭《てしよく》をと《[点]》ほし奥へ入　水屋の戸をおしひらき見申され候へは　座敷《さしき》の真中《まんなか》に三寸廻りの小石《こいし》を以て　径《はは》三尺四方ばかりに　高さ三尺四五寸もありつらん　墓《はか》を筑《つき》　其中にもちの木《*6》の高さ三尺斗の枝を指《さし》て有　四方にまはり《[廻]》てみれは　角《かと》々の分野《ありさま》は名人の石切《いしきり》といふとも及《およひ》かたかるへし　扨あたりをみ《[見]》玉へ共　何の子細《しさい》もなけれはあ《[足]》しにてふみ《[踏]》崩《くづし》　中間《ちうげん》とも《[共]》に石をとり《[取]》捨《すて》よとて裏へ出られけり　扨利信も表へ出られ　いまた《[未]》下《した》にも居られさりしに　又奥よりけたたましくつけ《[告]》来たりしは　また右のことく《[如]》大勢《ぜい》の声《こへ》にてなき《[泣]》叫《さけひ》候とて申ける　利信又水屋に入見申されけれは　右のいし《[石]》をあつめ二つにわけて　二所《ところ》に真《まつし》四角《かく》に積重《つみかさ》ね　右のもちの木を二つにね《[念]》ち切りて　墓《はか》にさし込て置にけり　中間《ちうけん》共を呼寄《よひよせ》自《し》身《しん》に下知《けち》申さ

***1　おめき**　うめく、わめく。呻吟。

***2　此比なに事もなく**　この場面は、踊りの奉納の休みをもらっていた期間にあたる。この期間中、神仏についても妖怪についても休みが長く、何も起こっていなかった。

***3　表ての方**　表方《おもてがた》。奥方の対語。

***4　守近**　刀匠の名。利信の持っている刀。

***5　七つ胴**　刀の切れ味を示す数値。

***6　もちの木**　本作では、狐たちは人を化かすとき、もちの木の葉っぱを用いている箇所もみられ、狐たちが用いる木として登場している。

図 1-1-10　小石でつくる真四角な墓石
狐たちの妖通力で、室内に整然とつくりあげられたもの。立っているのは、もちの木の枝。

れて　石《いし》を捨《すて》させられけり

【口語訳】

さて九つ時過ぎのころ、水屋の中から二、三十人ほどの人が大声をあげて畳を叩き、うめき、叫び、泣く音が響いて来ました。このごろは何事も起こらず忘れかけていたので、ひとしお屋敷中の上下の者は驚き騒ぎ、みな散り散りになって屋敷の表方へ駈け出ようとするのを利信は聞きつけ、守近《もりちか》の打った幅広の二尺七寸ある七つ胴の刀を押取って腰に差し、手燭を灯して屋敷の奥方へ向かい、水屋の戸を押し開いてみました。

すると、座敷の真ん中に三寸ぐらいの小石を使って、幅三尺四方、高さ三尺四、五寸ほどの墓が築かれていました。その墓には三尺ばかりの長さのもちの木の枝が挿してあり、四方から眺めてみても、角々は名人が石切をしたようにしっかりしたものでした。

あたりを見渡しても他には何事もないので、利信は小石でできた墓を足で踏み崩し、中間どもに小石を捨てるように命じ、裏へ出て行きました。

さて利信が表方へ向かい、まだ戻らぬうちのことですが、また奥方からけたたましく告げが来ました。さきほどのように大勢の泣き叫ぶ声が響いて来たといった内容で、利信がまた水屋へ入って見ると、さきほどの小石を集めて二つに分け、真四角に積み重ねた墓が二つ出来上がっており、上にはこれまたさきほどのもちの木の枝を二つにねじ切ってそれぞれに挿してありました。利信は、中間どもに再び呼び寄せて自ら命じて小石を捨てさせました。

【解説】

利信がこのとき持って飛び出した刀は「守近《もりちか》」の七つ胴（切れ味を示すもので七つ重ねた胴体を斬れる）であると記されている。ところどころに兵具の名銘が具体的に出て来る点からも、《変化物語》の受容層についてを考えることができる。この小石を精巧に積んでつくった墓石は、狢《むじな》もおどろく狐たちの発揮した謎めくテクノロジーである。もちの木は巻之三にも登場する（六四頁参照）。

燃え上がる水屋（巻之五～巻之六）

【梗概】

尼公たちは、夜の出来事を恐ろしい災いであると信じ、水屋へまた拝みに向かうが、水屋に火炎が巻き起こって荒てふためいて駈け出る。侍従が確かめると、火は消えておりどこにも炎で焦げた様子などは無かった。まだ利信の神仏に対する悪口への反省が足りぬせいであると尼公と利信の母は身を清めて香を焚き、再度水屋へ向かって必死に祈りを続ける。すると水屋が屋鳴り震動し、毎朝九十三のお膳を水屋の棚に供えろとお告げをくだす。

【原文】

其の時水屋の内家なり《[鳴]》震動《しんどう》して　こくう《[虚空]》に声をして申けるは　唯々二人*1の悲しみのふか《[深]》きなけき《[嘆]》をあわれみおほしめし《[覚]》　けふ《[今日]》より後《のち》は利信か身の上に来る災難《さいなん》はのかれ《[逃]》させ給ふへけれ共　*2さかなき口の業《わざ》をはゆるし《[赦]》玉ふましと也　よく〱しん〱《[信心]》をはけま《[励]》し　供物《くもつ》を奉り神意をすすしめ《[涼]》申へし　さもあらはあさ《[朝]》こと《[毎]》に水屋のたな《[棚]》に　*3三方《ぼう》十膳《ぜん》　*4足《あし》打三十せん《[膳]》　*5へき《[折敷]》五拾《じう》一枚《まい》　都合《つがう》九拾三膳　供物は土器《かわらけ》に盛《もり》　菜《さい》はいつも鮹《たこ》をそなへ《[供]》　御酒《みき》を奉るへし　*6氏の神々数多《あまた》あれはかけみ《[影身]》にそふ《[添]》てまもる《[守]》へし　心安《やすく》いさみをなし　興《きやう》を催《もよを》し踊《をとり》を奏《そう》せよとそ申ける　尼公親子のひとは　ありかたし《[有難]》氏神の御しひ《[慈悲]》かな　しからはいそき《[急]》供物をこしらへよ侍従《じじう》とそ申されける　侍従うけ玉はり　三間四面の水屋の内に　三方にたな《[棚]》を押《をし》まはし三重つつ《[宛]》つり《[釣]》て　*7火床《ひとこ》なとを拵《こしら》へ　*8別火《へつくは》にして火を清《きよ》め　おしへ《[教]》のことく《[如]》供物《くもつ》をととの《[調]》へ九拾三せん《[膳]》つつ朝毎数《あさことす》

＊1　二人　尼公親子、利信の祖母と母。

＊2　さがない　善悪ない。無遠慮な、短慮な。

＊3　足打　足打膳。折敷に足をつけたもの。

＊4　三方十膳　三宝。三方膳。折敷に台をつけたもの。お膳の合計数が合わないが、本作が三方の数の末尾に「二」を書き落としているようである。

＊5　へき　へぎ。折敷。

＊6　氏の神々　氏神たち。

＊7　火床　炉。

＊8　別火　調理に使用する火を通常用のものとは別に分け、清らかな火で供物を調理すること。

月《けつ》のあいた〔間〕そな〔供〕へけり

【口語訳】

そのとき、水屋が屋鳴り震動すると、虚空から声がしてこのように言いました。

「ただただ二人の悲しみの深い嘆きはわかった。今日からのちは利信の身の上に起こる災難を除いてやろうとは思うが、さがない口の利き方は許されぬと神々は申されておられる。よくよく信心を励まして供物を捧げ、神意を涼しめよ。そのためには朝ごとに水屋の棚へ、三方で十膳（十二膳）、足打で三十膳、へぎで五十一膳、都合九十三膳を供えよ。供物は土器に盛りつけ、菜には鮪を供え、御神酒も捧げること。氏神たちは影身に添って護ることであろう。心安く勇んで興を起こし踊りを奉納せよ」

尼公親子は、「有難い氏神様の御慈悲である、ならば急いで供物をこしらえよ、侍従」と申しつけました。侍従はこれを承《う》けて、三間四方の水屋の内部の三方に棚を三重に釣って備えて火床も造り、別火を設け火を清め、お告げのとおりの供物をととのえて、九十三膳ずつ朝ごと数カ月のあいだ供えつづけました。

【解説】

この前段で尼公が語る親子に関する故事には釈迦《しやか》と羅睺羅《らごら》、鄭太尉《ていたいい》、虞舜《ぐしゆん》などが語られるが、これらの孝行の例は全て能の『木賊《とくさ》』にみられるもので、鄭太尉が「ていたひ」と記されていること（『木賊』でも「ていたい」と書かれる）からも典拠になっていると考えられる。九十三のお膳は種類ごとに、三方《さんぼう》を十膳、足打《あしうち》を三十膳、へぎ（折敷《おしき》）五十一枚と示されているが、計算が合わない。『変化物語』（武庫川女子大学）の同場面では三方が「十二膳」とあって計算が正しい。ここでも菜《さい》には鮹《たこ》を必ず使うことを指定している。礼法では、三方は足打より格が高い膳。折敷↓足打↓三方↓四方の順で格式は上がってゆく。

九十三膳のおそなえ（巻之六）

【梗概】

侍従たちは、それから毎朝指示どおりに合計九十三のお膳をこしらえて水屋の棚に供えた。これは数カ月間つづいたが、時化《しけ》がつづくとお膳に欠かすことのできない鮹《たこ》が河岸《かし》にあがらないことがあった。困った侍従が仕方ないとして鱠《なます》に変更したところ、とんでもない大音響が水屋から鳴り渡り、棚に供えたお膳が全て落ち散らばっていた。ただふしぎなことにのせられた飯・汁・菜《さい》は一粒・一滴・ひときれもこぼれていなかった。尼公を呼びに行き、侍従たちが水屋に戻ると今度はお膳が宙を木の葉の舞うように上へ下へ飛び回っており、他にも水桶・柄杓・茶筅・茶碗・花桶・花篭などの道具類も同じように舞っていた。中には独楽《こま》のように宙で回転するものもあった。

やがて、このお膳や道具は雷のような大音と共に一度に落下した。気が付くと、侍従たちがはじめに見に来た時のように、お膳が散らばっているだけであったという。狐たちはとにかく鮹を求めており、どんなことがあっても欠かすことを許さなかった。買い物に出ている下僕が「こんな高い鮹をおそなえとして喰わせつづけてもったいない」とつぶやいたときも、お膳が落ち散らばっていた。

【原文】

＊1　猟師　漁師。

＊2　鱠　生の魚肉を刻んだもの。鮹以外の材料を使ったことはわかるが、間に合わせで調達してきた厳密な素材は不明。

ある日の事なるに　二三日も雨風烈《はげし》く海面《うみおもて》波高《なみたか》くして　＊1猟師《りやうし》共網《あみ》おろすへき様もなかりけれは　彼好物《かのこのみもの》の鮹《たこ》もなかりけり　侍従とやせんかくやあらんと案《あん》しくら《〔暮〕》しけれと　是わたくしならぬ事よとて　＊2鱠《なます》を替《かは》りにそなへけり　しはらく《〔暫時〕》ありて水屋の震動《しんどう》する事夥《おびたた》し　其声《そのこゑ》を物にたとふる《〔譬〕》に　材木《さいもく》なと《〔等〕》を三千もたて《〔立〕》をき《〔置〕》　崩《くつ》れかかるおと《〔音〕》せり　侍従駭《おどろ》きてみれは　三方のたな《〔棚〕》こと《〔毎〕》にそなへたる膳《せん》を　一度《ど》に下へ蹴《け》をとして　いやか上にかさなりて　唯《たた》さん《〔桟〕》をくた《〔下〕》したることく《〔如〕》也　侍従立寄《じじうたちより》てみれ共　膳《せん》に備へし物毎《ものごと》にあるひは盛方《もりかた》すこしもたか《〔違〕》はす　汁《しる》一滴《てき》もこほれ《〔溢〕》さりけれは　猶《なを》々ふしん《〔不審〕》におもひけれは　いそき《〔急〕》尼公に参り　かやう《〔斯様〕》〱の事に候　さらはいら《〔入〕》せて御覧候得とて　尼公を伴《ともな》ひ水屋に入て見候へは　ふしき《〔不思議〕》や九十三せん《〔膳〕》の三方《はう》あし《〔足〕》付へき《〔折敷〕》　かわらけ《〔土器〕》にもり《〔盛〕》たる飯汁菜等《めししるさいとう》のはなれ《〔離〕》はなれはなれになりて中をとひ《〔飛〕》めく《〔廻〕》る事　風《かせ》に木葉《このは》の

ちる《散》ことく《如》　のほる《昇》とおもへ《思》はくたり《降》　下《くだ》るとおもへ《思》はまひ《舞》あ《上》かり　水屋の脇《わき》にありし火床《ひとこ》もまひ《舞》あか《上》るとみ《見》し処に　又水おけ《桶》　ひしやく《柄杓》　*3ちやせん《茶筅》　ちやわん《茶碗》　花おけ《桶》　はな《花》篭《かこ》　その座にありし諸とふく《道具》　残らず三方四面の水屋の内　くるり〳〵と舞《まひ》めくり《廻》けり　ふしき《不思議》におそろ《恐》しき言葉にはのへ《述》かたき《難》事にはんへれ《侍》共　またお茂《も》しろき事も筆《ふで》につく《尽》しかた《難》けれはとて　侍従は姫君達《たち》に見せ申さんとて　八九人ともな《伴》ひみ《見》せ申けれ共　一目《め》みしより　あるひはおそれ或は目をふさ《塞》き　あるひはめのと《乳人》にいた《抱》きつき　おと《踊》る処をみたるといふ人なかりけり　かやう《斯様》に飛廻《とひめぐ》る内にも独楽《こま》なと《等》のまわ《廻》りぬることく《如》　めく《廻》るもの《物》もありあるひは横《よこ》になり立《たて》になり中々無量《むりやう》さま〳〵に舞《まひ》めく《廻》りけり　去程にかれこれに心うはは《奪》れ　うか〳〵とする内に　一度《ど》に下にたうと*4おつ《落》る　その音すさま《凄》しきひ《響》ひきにて　*5鳴神《なるかみ》のことく《如》なり　その響《ひひき》に気もたま《魂》しひもとられ　われさきにとおめ《喚》きさけ《叫》ひ　にけ《逃》にけり　侍従は又立かへ《帰》り水屋の分野《ありさま》をみれは　なにの子細《しさい》もなく　九十三

＊3　茶筅　挽茶、抹茶を混ぜるときに用いる竹製の道具。茶道具も水屋に多く置かれていたことがわかる。

＊4　たうと　どうと。

＊5　**鳴神**　雷。

せん《〔膳〕》のせん《〔膳〕》は右のこと《〔如〕》く座《さ》しきに打ちらし《〔散〕》　そのほか諸道具《しよとうく》等《とう》も
本のことくおき《〔置〕》所もかはら《〔変〕》さりけり

【口語訳】

ある日のこと、二、三日も雨風が激しく海も波が高く、漁師たちは網をおろすこともできなくなり、好みの供物である鮹《たこ》の在庫がなくなってしまいました。侍従はどうしたらよいものかと案じましたが、わたくしごとの及ばぬ事態からのものであるからと、鱠《なます》をかわりに供えました。

しばらくすると、水屋が震動すること夥しく、その音はものに譬《たと》えれば材木を三千ばかり立て置いて崩したようなすごい音でした。

侍従がおどろいて来て見ると、水屋の三方の棚に供えられたお膳は一度に蹴落とされたのか、重なっており、ただ桟からそのまま落ちたかのようになっていました。侍従が近寄って見ましたが、お膳の上にのせたものは、盛り方さえもすこしも変わらず、汁の一滴もこぼれていなかったので不審に思い、急いで尼公の所へ行き、このようなことがございましたので御覧になって下さいと、尼公をつれて水屋へ入ると、今度はふしぎなことに九十三膳の三方・足付・へぎ、そしてそれぞれの土器に盛りつけられた飯・汁・菜などが離れ離れになって宙を飛びめぐっていました。

風に木の葉が散るように、のぼると思えばくだり、くだる思えば舞いあがり、水屋の脇に造った火床も舞いあがり、また水桶、柄杓、茶筅、茶碗、花桶、花篭などそこに置かれていた諸道具も残らず水屋のなかをくるりくるりと飛びまわりました。

ふしぎな、おそろしい、言葉では述べ難い事態ではありましたが、いっぽうではおもしろい、筆にも書き尽せぬような事件でもありましたので、侍従は姫君様たちにもお見せしようと、八、九人をつれて来てこれを見せましたが、一目して、あるいは怖がり、あるいは目をふさぎ、あるいは乳人《めのと》にだきつき、踊りまわるところをじっくり見たという姫君様はいませんでした。

そのように飛びまわっているお膳や道具のなかには、独楽《こま》であるかのように回転しているものあれば、あるいは横向き、縦向き、無量さまざまに飛びまわるものもありました。

そのような多彩な動きに心を奪われ、うかうか眺めていたところ、一度にどさっとお膳たちは宙から落ちました。落ちたその音はすさまじい響きで、落雷のようでした。その響きに気も魂も取られ、眺めていたみんなも我先に叫び声を上げ逃げ去りました。

侍従は、再び戻って水屋の様子を見ましたが、何も変わったところはなく、九十三のお膳も下に落とされたまま、諸道具も置きどころにあるままで、変わっていませんでした。

【解説】

道具が部屋中を飛び回る現象も、化物屋敷の描写として必ずと言ってよいほど出て来るもので、巻之三（五一頁参照）につづいてここではそれを本格的に組み込んでいる。以前の段から出て来ているおそなえのお膳もここでは大量に宙を飛びめぐることになる。

十一、止まらない怪奇へんげ

侍従たちの申し出（巻之六）

【梗概】

季節は十二月下旬になり、屋敷の者は正月への準備に忙しくなったため、侍従たちは水屋に向かって「踊りの奉納を休ませてくれ」と頼みに行くと、「十二月二十五日から、正月二十日までは休むべし」とのお告げがすんなりくだった。正月二十日の《具足の祝い》が過ぎると、「駒井、駒井」と水屋から呼び出しがあり、愛宕山の神々が明日からおいでになるので、いままでどおりのおそなえを出すようにとお告げをした。

【解説】

予想を裏切って、《正月休み》が出現する。狐たちの世界にもこの期間に独自の行事が存在していたためであるのかどうかについては何も描写されていないが、興味深い点である。ここで日付が十二月二十五日であることが明確になる。巻之壱の序文にある「十二歳の末より十三歳の中秋まで」という期間を考えると、十二歳の末はこの十二月だと考えるとよいのだろうか。しかし、九月や十月の段階あるいは前年の大晦日から妖怪たちは現われているため、これも多少矛盾を感じる部分である。

図 1-1-11　愛宕さまたちのきらびやかな《踊り返し》の場面
尼公たちはありがたく拝んでいる。このような寺社奉納に関係する踊りや、神官・修験者・僧侶による祈祷の場面などの場面がいくつもあるのも《変化物語》の特徴である。『変化画巻』などの絵巻物などにもこの場面は描かれている。

愛宕さまの踊り返し（巻之六）

【梗概】

またお告げには、これまでの踊りの奉納に対する愛宕さまからの《踊り返し》のごほうびがあるので、日暮れ以後は灯りを全て消しておくことも語られた。雪も降り始めたその夜、空から笛の音が聴こえたかと思うと、太鼓・鼓《つづみ》・鉦《かね》が鳴り渡り、孔雀《くじゃく》や鳳凰《ほうおう》のような美しい羽根をもつ天狗のような山伏が現われると、素襖《すおう》を着た数百の楽《がく》人《じん》や、花の綾菅笠《あやすげがさ》に揃いの衣裳を着た数千の美しい踊り子たち、曲彔《きょくろく》に腰をかけ金の羽団扇《はうちわ》をもった音頭取りの美女たちが盛大な唄と踊りを披露した。翌日の晩には、高砂・田村・松風・錦木・猩々などの謡《うたい》、琴《こと》や琵琶《びわ》の曲などを夜遅くまで尼公たちに聴かせた。

【解説】

笛の場面にはお囃子などに用いられる《下がりは》という具体的な用語が用いられている。数日後にこれを報告された利信は、「鉄砲を撃ち込む良い機会であったのに、呼び出しにこないとはどういうことだ」と侍従を叱っているが、そのせいでさらに報告は滞りがちになってゆく。

図 1-1-12a 《べかこう》をしている入道たち

利信と三人の入道（巻之六）

【梗概】

利信が表方《おもてがた》の書院に居ると、縁先に背の高い入道が三人立ち並んで、大きな目を剥きたてて利信に向かって《べかこう》（あかんべ）をした。驚いた侍従が「帰らせたまえ」と言うとそのまま消えた。


【解説】

《べかこう》をしている場面の絵は入道と梵文に出てくるものの、目がひとつでは《べかこう》の姿勢を描きづらいのか、一つ目入道ではなく、すべて二つ目入道で描かれている。しかし『変化画巻』などの絵巻物では、一つ目・二つ目・外法（頭が長い）など異なる三態で入道が描かれたりもしており、作品例ごとの絵画表現に差異がある場面のようである。

図 1-1-12b 『変化画巻』での入道たち
（『ボストン美術館肉筆浮世絵』第 1 巻）

文内《ぶんない》と六《ろく》之《の》丈《じょう》のはなし（巻之六）

【梗概】

利信と所縁《ゆかり》のある文内という十四、五歳の少年には、二歳の頃に別れた名前も分からない兄がいた。五月上旬、文内は駒井のもとを訪れて、兄の現在を神様に訊いてくれるよう頼む。すると「兄も母と弟を探しており、いま上方にいる。六月になれば会うことができる」とお告げがくだった。すると六月一日に兄と名乗る浅井《あさい》六之《ろくの》丞《じょう》という青年がお告げ通りにやって来て、再会を果たした。兄だと称する者は狐なのではないかという噂もたったが、六之丞は津田屋敷の狐が居なくなった後も、そのまま文内と仲良く暮らしていた。

【解説】

この文内のはなしは、ウソ霊験でも何でもなく実際にキチンとした霊験になっており、このような妖怪に驚かされる→それに勇敢に立ち向かう、という構図以外のはなしがところどころ挟まれて来るのも、本作の特徴に挙げられる。このはなしと、次の占いのはなしは、本作の中でふしぎな味わいを持っている。六之丞は母や弟と別れて佐渡で暮らしていたが、まず母を訪ね美濃国の岐阜に向かった。しかし、母の行方も弟の所在も全く分からず、その後は上方にのぼって近衛《このえ》家に仕えていた。この年の五月から肉親への恋しさの念が再び湧いていたが、たまたま子供時代の家来の者と出会い、丹後国に弟の文内のいることを知り、暇《いとま》ごいをして田辺にやって来たと語っている。

伊織の未来の妻を占う（巻之六）

【梗概】

伊織《いおり》という十三歳の浪人は利信のお気に入りで、津田屋敷の奥方にも自由に出入りしている。ある日、水屋に毎朝のお膳を持ってゆく侍従たちとたわむれながら手伝いをしていたとき、「未来の妻についいて神様にきいてみないか」と侍従に進められた。すると「二十一日に身を清めて来るがよい」とお告げの声がした。しかし伊織は二十一日に水屋に行くのをうっかり忘れてしまったため、詳しく聞く機会を失ってしまった。

【原文】

＊1　何かしの　某。伊織の　又は八月上旬の事なるに何かし[＊1]の伊織《いおり》とて十三才になりける牢人[＊2]《ろう》

姓は記載されていない。川瀬伊織とは何も関係がない、ただの同名の登場人物。

＊2　**牢人**　浪人。主家など奉公先を失った武士。

侍りけり　利信殊《こと》の外《ほか》に愛《あい》し申されけるゆへ《[故]》に　奥方に入ひたり《[浸]》居侍りける　或日のあさ《[朝]》　水屋に入ぬれは　侍従供物《くもつ》を拵《こしら》へ居まいらせけるゆへ　配膳《はいせん》の手伝なといたしあそひ《[遊]》居ける折ふし侍従たはむれ《[戯]》て申けるは　随分骨《ずいふんほね》をおり玉へ妻《つま》の善悪《せんあく》の有無《うむ》をたつね《[訊]》まいらす《[参]》へしと申ければ　虚空《こくう》より申けるは　来る廿一日に身をきよめ《[清]》爰に来るへし　妻《つま》の国里仮名《くにさとけみやう》実名《じつみやう》を申聞すへし　幸《さいわい》に二三日の内にはその妻誕生《たんしやう》するとそ申ける　来《きた》る廿一日には　はたとわすれ《[忘]》候て　九月のすえ《[末]》の比おもひ《[思]》出しはんへれ《[侍]》とも　其時《そのとき》は変《へん》化《け》もやみ《[止]》ぬれは終《つい》に問《とは》さりけりと　おもひ《[思]》あわせ《[合]》ぬれは其妻《つま》の年其年にあたり　月も八月の誕生《たんしやう》なれは　年月のあい《[合]》まいらせし事又神通《しんつう》なりと申へしや

【口語訳】

また八月上旬のことでしたが、なにがしの伊織という十三歳になる浪人が屋敷におり、利信がこの者をことのほか寵愛しておりましたので、屋敷の奥方にも入りびたっていました。ある朝、伊織が水屋にやって来ると、侍従たちがおそなえをこしらえていたので、その配膳の手伝いなどをして遊んでいました。

すると侍従が、

「ごくろうさん、妻の善悪の有無をおたずねしてはどうだ」

と戯れて言いました。すると水屋の虚空から声が響いて来て、

「来たる二十一日に、身を清めてここに来るとよい、妻となるべき人物の生国・住所・名前をきかせてやろう。さいわいお前の妻となるべき人物はこの二、三日のうちにこの世に生まれるのだ」

と言いました。

しかし、八月二十一日にそのことを伊織は忘れてしまい、この水屋でのお告げを思い出したのは九月の末頃になってからでした。そのときには既に屋敷からはへんげもいなくなってしまっており、問い合わせることもできなくなっていました。

しかし考えてみると、その後に伊織の妻となった女性は、その年うまれで、誕生月も八月でした。確かに年月は合致しており、水屋の狐に神通力はあったのだといえるのでしょうか。


【解説】

利信のお気に入りの小姓といえる伊織は、この段で突然登場し、以後は物語にしばしば顔を見せる。未来に伊織の妻となった女は、このときお告げで少し触れられていたようにその年の八月生まれであった、と本文にあるので伊織がすっぽかしてしまった日付は八月二十一日と判明する。このはなしも実際に狐が未来をよむ能力を発揮しており、文内と六之丞のはなしと同じく、《変化物語》の本筋

とは別のかたちで狐を表現している。

津田伊予の関東からの手紙（巻之六）

【梗概】

関東にくだっている利信の父・津田伊予は、へんげが屋敷で巻き起こっている知らせを心配して六月十三日の辰の刻に早飛脚を使って手紙を出した。すると同時刻に水屋が震動して、侍従が呼びつけられ、手紙に書かれている「南風を待って屋敷もろとも狐たちを焼き尽くすというのは至極である」という文言は息子の利信同様とんでもない悪口である、この手紙は十九日の未の刻に屋敷に届くが、届くより先に伊予の首をねじり切ってくれる、と稲光りと共に激しい震動を響かせて荒れ狂う様子をお告げは見せた。これを聴いた尼公は様々な供物を捧げて一昼夜祈りつづけた。すると一転して「尼公たちが不憫であるので、命は特別に救ってやろう」と許しのお告げを出した。実際、伊予からの手紙は十九日の未の刻に届き、お告げの通りの内容であった。

【解説】

この飛脚や手紙自体も、全て狐の術だったのではないかとも屋敷の者たちは語っていたが、早飛脚が本物だったので、百五、六十里も離れた丹後国で、届く前の関東からの手紙の内容を知っていたのは、やはり狐にしてもふしぎであるというはなしになったと、ここでも狐の能力を示すはなしが入ってくる。

愛宕さまの眠りを妨げるな（巻之六）

【梗概】

また、ある時は「太郎坊さまがまどろみはじめたところで踊りがはじまったので、お目が覚めてしまった、お怒りである、剣をお投げになるので頭に用心しておくように」とのお告げがくだった。屋敷の者が桶《おけ》や盥《たらい》、長持《ながもち》の蓋などをかぶったり、畳を背負ったりして備えていると、にわかに屋鳴り震動が起こり、小刀が百四、五十飛び込んで来た。人間に被害は無かったが、調べてみると小刀は全て屋敷の者たちの所持品であった。

【解説】

なかには、楊枝《ようじ》削りのためにほんの少し前まで使っていたという小刀なども飛んで来ており、屋敷の者たちはふしぎがった。なお、『変化物語』（武庫川女子大学）の本文はこの場面までしか現存せず、物語の結末部分を読むことができない。

護摩祈祷を勧める芳庵（巻之七）

【梗概】

津田屋敷に小刀が降ったことを知った芳庵は、鹿原《かはら》の法印《ほういん》に護摩《ごま》を焚《た》かせてはどうかと侍従らに勧めた。屋敷に招かれた法印は十二人もの僧侶を連れて護摩壇を設け、祈祷をはじめたが、仏具が宙に舞ったかと思うとばらばらと降って来た。激しい屋鳴り震動も起こり、法印までもが地震に遭遇した時のように「世直し、世直し」と慌てる始末だった。侍従たちが「これは地震ではありません」と落ち着き払って声をかけたが、法印は気を失って倒れてしまったので、薬を与えて乗物に乗せ、鹿原へ送り返した。

【解説】

屋鳴り震動に何度も遭遇して、すこし慣れてしまった駒井や侍従たちのほうが、法印よりも落ち着いていた点は、おかしみを誘う場面でもある。

図 1-1-13a　熊野比丘尼
塀の上に並んで音を鳴らす熊野比丘尼たちの妖怪。

津田屋敷に現われた妖怪　熊野比丘尼（巻之七）

【梗概】

ある日の夕暮れに、美しい熊野比丘尼が七人、びんざさら（拍板）を鳴らしながら庭の塀の笠木の上に腰を掛けて咲《わら》っていた。

【解説】

絵では四ッ板のような形状の楽器が描かれている。これなどは前日譚として巻之壱に描かれている川瀬屋敷に出現した赤手拭の女たちに少し近い妖怪である。『変化画巻』（ボストン美術館）にも描かれており、同じく塀の上に並んで出現した様子が見られる。

図1-1-13b 『変化画巻』の熊野比丘尼
（『ボストン美術館肉筆浮世絵』第1巻）

馬取の与助のはなし（巻之七）

【梗概】

ある日の夜中には、「御馬《おうま》の鞍《くら》を置け」と馬取り役の与助を呼ぶ声が屋敷に響いた。与助は女房と事前から示し合わせており、狐を捕まえようと計画していた。女房が今準備をしておりますと返事をして応対しているうちに、隙をついて与助が飛び出ると、油断していた狐は肝を消し飛ばして驚いたが何とか逃げだした。屋根に駈け上がった狐は「こいこい」と与助を挑発したので、与助は腹を立てて追い掛けたが、屋根から落ちてしまった。

【解説】

ここに到って、妖怪のすがたをとらず、ごく普通に狐のすがたでのいたずらが登場する。本文では、この与助のはなし以外にも、人の声色を真似て玄関などにお客などを装って屋敷の者に狐がいたずらをすることは多かったと記されている。

津田屋敷に現われた妖怪　白き浴衣・風呂の入道・細き手・鞠・盗まれる銅鑼（巻之七）

【梗概】

他にも、白い浴衣をかぶった六、七尺ほどの者がものすごい速さで駈けていったり、水風呂《すいふろ》（お湯を浴槽に溜めて入るかたちの風呂）に入道が出現したり、行水をしていると入道が掛かり湯を持って来て女たちを驚かしたりした、また夕涼みをしていると縁の下から毛のもじゃもじゃ生えた冷たく細い手が足をつかんで来たり、蹴鞠《けまり》の鞠が飛び込んで来たので拾おうとすると三尺ほどの大きさに巨大化して庭中を踊りまわって消えたりした。

水屋に掛けておいた銅鑼《どら》を誰が外したのか、夜に持ち歩いて屋敷の路地を叩いて廻っている音が響いた。中間たちに命じて捕らえさせようとすると、音は止まった。銅鑼は庭の池に捨てられていた。すぐに錠のついた長持に銅鑼の保管場所を変えたが、途端に銅鑼を鳴らして廻る音がした、長持を開けると確かにもう銅鑼は無くなっていた。

【原文】

又或日くれ[暮]前の事成に　*1五三人縁《ゑん》に涼《すず》みて居《い》けれは　いつく[何処]とも
しらす[知]新敷《あたらしき》*2鞠《まり》　一足《そく》庭《には》に飛《とひ》来りけり　其折ふし鞠《まり》の会《くわい》もさふらひ
て　未《いまた》*3沓《くつ》の音《をと》もありけれは　定《さため》て脇切《わききれ》し来れると　縁よりはしり[走]

*1　**五三人**　数人。三〜五人ほどの小人数。
*2　**鞠**　蹴鞠に用いられる革製の鞠。

＊3　**沓の音**　蹴鞠で鞠を蹴り合う音。
＊4　**鉦**　銅鑼に鉦《かね》の字をあてて書いている。
＊5　**長持**　衣類を入れておく大きな櫃、箱。
＊6　**封**　錠で鍵をかけた上に紙を貼っている。

図1-1-14　巨大な蹴鞠の鞠が転がって来る場面
蹴鞠の庭が魔物や妖怪の出現場所になることは『太平記』の大森彦七のはなしにも見られるが、ここでは鞠そのものが出てくる。

をりとら《〔取〕》むとする所に　此鞠《まり》三尺廻《めく》り程《ほと》に成　庭《には》を踊廻《おとりまは》る　其響《ひひき》沓《くつ》の音など《〔等〕》の冷物成《すさましきものなり》　二三へん廻り其侭失《ままうせ》にけり　又或夜《あるよ》の五つ時分の事なりしに　路ち《〔地〕》の廻《まは》りを　水屋にかけ《〔掛〕》てありしどら《〔銅鑼〕》をはつし《〔外〕》てたたき《〔敲〕》めくり《〔巡〕》けり　あまりすさまし《〔凄〕》かりけれは　跡先《あとさき》より中間《ちうけん》共を廻《まは》し　うは《〔奪〕》ひとれ《〔取〕》と申けれは　池《いけ》の中へとら《〔銅鑼〕》を捨《すて》にけり　其＊4鉦《とら》を　＊5長持《ながもち》にいれ錠《じやう》をおろしたて　いまた《〔未〕》のかさる《〔退〕》に　また路ち《〔地〕》めくり《〔廻〕》を猶すさましくうち《〔打〕》まはり《〔廻〕》しゆへ《〔故〕》　長持を安《あ》け見候へは　内には候はさりけり　惣《そう》して錠など《〔等〕》をおろしふう《〔封〕》をつけ置ても　其＊6ふう《〔封〕》すこしも違《ちか》はす　うち《〔内〕》にありし物をとりいたし《〔取出〕》けり

【口語訳】
また、ある日暮れ前のことでしたが、何人かが縁先で涼んでいると、どこからとも知れず新しい鞠がひとつ庭に飛び込んできました。

そのときは鞠の会なども行なわれていましたので、おそらくその鞠がそれて飛び込んで来たのだろうと、縁先から走り寄って取ろうとしたところ、鞠が三尺ほどに大きくなって、庭を踊りまわりはじめました。

その響きや聴こえて来る沓《くつ》の音はすさまじいものでしたが、二、三遍庭をころげまわるとそのまま消え失せました。

また、ある夜には屋敷の路地のまわりを、水屋に掛けてある銅鑼を何者かが外して叩きめぐったりもしました。

あまりにも音がすさまじいので、前後から路地に中間たちを回り込ませ、奪い取れと命じたところ、池の中へ銅鑼は捨ててありました。その銅鑼は長持に入れて錠もおろしたのですが、その場を離れないうちに、また路地をめぐりながら、さらに大きな音で銅鑼を打ち鳴らすのが聴こえて来ました。長持を開けて見れば、なかに銅鑼はありませんでした。

全てにおいて、錠をおろし、封をしても、それに少しも触れることなく、なかの物を取り出すことができました。

【解説】

後半部に登場する妖怪たちも個性的なものが多い。細長い手は、化物屋敷のはなしには多く見られる。蹴鞠は武家のあいだでもたしなみとして広まっており、鞠は黄帝《こうてい》が討ち取った蚩尤《しゆう》の首に由来するなど、武道に即した設定も伝書では語られていた。『遊庭秘鈔』には「其源を尋れば。黄帝のきりける蚩尤が首の形也と。ふるき物にもかけり」（『群書類従』蹴鞠部）とあり、黄帝に退治された武具の神・蚩尤の首であるとする説が由緒というかたちの説話として語られている。銅鑼が勝手に持ち出されるはなしでは長持に、錠に加えて封をさらに貼ってみたりもしたが、結果は同じだったとあり、狐たちの術についての凄さがここでは強調されている。

十二、致知《ちち》の心でへんげ退治

利信、妹たちに妖怪について語る（巻之七）

【梗概】

八月十七日、「お客があるので神妙に踊りを奉納せよ」とのお告げを受けて、尼公たちは踊りをさせていたが、利信が屋敷の奥方へ入って来たので、踊りを止めた。奥方の座敷へやって来た利信は妹たちを集めて妖怪について語った。七歳になる妹の清姫《きよ》が「あにさまも目に見れば恐ろしいはずです」と語ったが、利信はそれに対し「それはまだそなたが幼いからだ」として、都の四条河原の放下師たちのみせる奇術を例に挙げて、見た目には非常にふしぎだがこれらには技術としての仕掛けがある、それを知りさえすればそれはふしぎではないと教える。また、一つ目入道が怖いというが、単眼で図体が大きいだけに過ぎない、人間にも目が四つある蒼頡《そうけつ》があり、また吠友《べいゆう》などは目が九つもあり自在に飛ばすことまでできる存在だが、すがたの異常自体が恐ろしいということでは無いとも語る。屋敷で起こった様々な狐の術よりも、放下師の術のほうが万倍も勝っているだろうとも語った。尼公もそれをかたわらで苦々しく聴いていたが、水屋が震動したという知らせを受けて侍従と共に向かった。

【原文】

扨利信何とか思はれけんおさな《幼》ひきやうたひ《兄妹》達《たち》をまねき《招》よせ　夜《や》半《はん》すき《過》まてあそひ《遊》給《たま》ひける　利信申されけるは　なに《何》と此ころきつねはいかなるおもしろき《面白》*1放下《はうか》をして汝等《なんちら》をなくさむ《慰》るそや　か《語》たれき《聴》かん　とそ申されければ　七歳《さい》になる清姫《きよひめ》と中利信秘蔵《ひぞう》の妹《いもと》あり　すすみ《進》出て申されけるは　おもしろき事《こと》は露ほと《程》も候はす　いつ《何時》そやも眼《まなこ》一つある入道の口《くち》は耳《みみ》の脇《わき》まてさけ《裂》　其たけ《長》はあの*2なけし《長押》よりも高く　又或ときは床《とこ》の内に　すさまし《凄》き不動《ふとう》となりてはにらみ《睨》　またはねすみ《鼠》となりて後《のち》には大なる牛《うし》と也ては消《きへ》　或時は常《つね》の鞠《まり》と成て出後《いでのち》にはおひたたし《夥》き大毬《まり》となり　又或夜の事《こと》なりしに踊《おとり》を催《もよほ》し数千人もおとり《踊》をおとりけるか其出《いで》たち中々結構《けつこう》成　やう〱の事なり　とてあら〱《略》次第《しだい》をしとけなく*3語申されて　只《ただ》おそろ敷《しき》事のみにして面白《おもしろ》き事はしけんの事に

*1 **放下**　幻術。利信は狐たちの出す妖怪たちを放下の術（きちんとした技術、手のうちの存在するもの）程度に見ている。

*2 **長押**　室内の柱と柱のあいだに設けられた天井を支えている部分。

*3 **しとけなく**　しどけなく。まとまりなく。

*4 **いとけなき**　幼い。まだまだ小さいから。

*5 **いていて**　いでいで。さぁさぁ、どれどれ。

*6 **都**　京都。四条河原は盛り場のひとつ。

ておはしまし候　いかなる兄《あに》様にても　すかた《姿》や形《かたち》を御覧《らん》候はは
おそろしかるへしとそ申されけり　利信にっこ《莞爾》とはら《咲》ひてのたま《宣》
ひ候は　なんち《汝》い*4とけなきにより　物のわきま《弁》へさるゆへ《故》
により　おそろしくもあり　ふしん《不審》もあり　其おそろしき心より
して不審《ふしん》も起《おき》　又不思議と思ふ心よりしてはおそろしく思ふ物そ
かし　*5いて〳〵汝等に物のたとへ《喩》をとりてきか《聞》すへし　ちか《近》ふよ《寄》
りてよくきけ　都*6に四《し》条農《でうの》河《か》原《はら》とて　*7能安《のうあ》やつり放下《ほうか》をして　人
のこころ慰《なくさ》む所あり　小《こ》童子《わらんへ》に至迄《いたるまて》奇《き》妙《めう》なる術をなして人のこ
ころをたふらかす也　たとへは*8砂《すな》の上にたね《種》をまけは　見るかう《中》
ちに爛熳《らんまん》たる枝毎《えたこと》に瓜茄子《うりなすひ》を生し　或は竹の葉《は》を水に入咒《しゅ》しけれ
は鯉《こい》や鮒《ふな》となりて水のうちをとひ《飛》廻り　あるひは手にて熱火《ねつくわ》をつ
かみ　或は腹中《ふくちう》へ白刃《はくしん》をさしこみ　或は鉄《てつ》をやき懐《くわい》中へ入　或は
そこ《底》なき器物《うつはもの》を取出し舞台《ふたい》に置咒詛《おきしゆそ》しけれは器物《うつわもの》のうちに見へす
或は大を小になし小なるを大きになし　かか《斯》るたく《類》ひしゅ〳〵《種》の
神変《しんへん》　目をおとろかす事　筆《ふて》にもつく《尽》しかたけれと　もとより術《しゅつ》

＊7　能安やつり放下　能楽・操り芝居・放下。芝居興行や見世物興行。

＊8　砂の上に　砂に種をまいて、またたく間に瓜の実などが実るといった高速促成栽培な幻術は、『捜神記』や『今昔物語集』にも見られ、古くから説話としても知られている。以下、いろいろな放下の幻術が挙げられている。

＊9　蒼頡　古代中国の伝説上の人物、黄帝の時代に鳥の足跡のかたちを見て漢字を創案したとされる。

＊10　大唐　中国のこと。

＊11　吠友　『童子教注抄』（平泉澄『中世に於ける精神生活』四〇二頁）などで『童子教』の「壁に耳あり天に目あり」という文

句を解説するために示される説話に登場する存在。『童子教注』（酒井憲二「翻刻『童子教注』」）に、ほぼ同じような内容を確認することができるが、そちらでは「犬友」と記載されている。古註空間で独自に作られた説話とみられるが、本作に登場する点からも、中世から近世初期にかけて幼学書・注釈書を通じて知られていることがわかる。

としれは　おそろ敷《しく》も悲《かな》しくもなし　ましてや聞なれ目なれたる術《しゅつ》なれは猶《なを》ふしき《不思議》にもおもしろくもなし　なんちら《汝等》かやう《斯様》なる事を見さるにより　ふしき《不思議》もおこり　おそろ敷もあり　また一眼《がん》の入道かなに《何》かしにおそろしかるへし　もとより生《しやう》有物毎《ものごと》に両眼《りやうがん》なきものはなし　しか《然》はあれとやまひ《病》によりて　一眼《いちがん》となり盲目《もうもく》となる事あれは　一眼も盲目もめつらし《珍》からす　もし四つも五つもあらはいかか《如何》おもふへしそれとてもめつらし《珍》きにあらす　むかし《昔》*9蒼頡《さうけつ》のまなこ《眼》四つあり　また*10大唐《たう》に*11吠友《へいゆう》と云し人には眼《まなこ》九つありて　其大きさ日月のことく《如》也　わか《我》ために悪人とおもへは　その人のかた《方》へ此まなこ一つつ《宛》自在《じざい》にとひ《飛》行《ゆき》　其人のたましひ《魂》をおひや《脅》かし　或はやみ《闇》の夜《よ》にてき《敵》の家《いへ》のうへ《上》に星《ほし》のことく《如》明《あきら》かに月夜となし　ひる《昼》は日天《にちてん》のことく《如》にして　其人のむね《胸》にやと《宿》りて其人をなやま《悩》し侍るなり　たとへ財宝数多《さいほうあまた》持《もち》し人も　吠友《へいゆう》をたの《頼》みけれは　目壱つつ《宛》つかはしけれは　人ぬすみ《盗》とら《取》さりけりと申伝へけれは　九つありとても　おそるへきにあらす　ましてや一

眼をて[照]りかかやかし大きなれはとて　おそれおそれおののくへき
道理《とうり》にあらす　或は大のおのこ[男子]安[あ]り　小のおのこ[男子]あり　釈迦《しゃか》も
丈六[*12]《しやうろく》におはしまし　孔子《こうじ》も九尺[*13]弐分《にぶ》ありとそ申伝へ侍也

【口語訳】

さて、利信はどう考えたのか幼い妹弟たちを招き寄せて、夜おそくまで一緒に遊びました。

「この頃、狐がどんな面白い放下の術を使っておまえたちを慰めているのか語ってくれ、聞いてやるぞ」

と利信が言うと、七歳になる清姫という特別に可愛いがっている妹が進み出て、

「おもしろいなどということは露ほどもありません、いつぞやも目が一つの入道は、口は耳の脇まで裂けていて、身の丈はあの長押よりも高かったですし、またあるときは、床の間に不動明王のすがたになって出て私たちをにらみつけて来ましたし、またあるときは鼠になって出て来て牛になって消えましたし、またあるときは普通の鞠になって出て来てとてもすごい大鞠になりましたし、またある夜などは踊りを見せるといって数千人もが踊りを踊ったりしましたし、そのすがたかたちはとても結構なものでしたし……」

などといままでの様子を、こうでした、こうでしたと、まとまりなく語り、

*12 **丈六**　一丈六尺、約四・八五メートル。釈迦の身長とされ、仏像の高さ単位。

*13 **九尺弐分**　『史記』では孔子の身長は九尺六寸とある。ただし、古代の長さは後代と基準が異なる。

「ただおそろしいことばかりで、おもしろいというようなことはありません、いかに兄様でも、すがたかたちを御覧になったら、おそろしいことでしょう」

と言いました。利信はこれを聞いてにこにこと咲《わら》って、

「お前は、まだ小さくて物事の道理をわきまえていないために、恐怖や不審が起こるのだ。おそろしいと感じる心から不審は起こり、ふしぎだと思う心からおそろしさは出てきている。さぁさぁこれからお前たちに物の譬《たと》えをつかって聞かせてやろう、近くに寄って良く聞け。都に四条の河原といって能や操り芝居、放下を見せて人々をたのしませてくれる場所がある、そこでは小さい子供までもが奇妙な術を使って人々の心をたぶらかしているのだな。たとえば砂の上に種をまけば、あっという間に成長して枝に瓜や茄子が実ったり、あるいは竹の葉っぱを水に入れてまじないをかければ鯉《こい》や鮒《ふな》になってそこを泳ぎ出したり、あるいは素手で熱い火をつかんだり、あるいは腹へ刃物を刺したり、あるいは焼け鉄を懐の中に入れたり、あるいは底のない器を舞台へ置いてまじないをすれば器のなかのものが見えなくなったり、あるいは大きいものを小さくしたり小さいものを大きくしたり、このような種々の神変で目をおどろかせることは、なかなか筆にも表わしきれないようなものだが、そもそも術であることを知っていれば、おそろしくもかなしくもない。ましてや聞き馴れ目馴れをしてしまった術であれば、なおのこと、ふしぎでもおもしろくも何ともない。お前たちは、このような術もまだ見たこともないので、ふしぎも起こり、おそろしくもあり、また一眼の入道だの何だのをおそろしがったりするのだ。もともと生ある物たちに両眼のない者はいないのだ。しかし病気などで一眼に

なったり盲目になったりする者はある。だからといって一眼や盲目は珍しいものということにはならない。もしこれが四眼も五眼となればどうなんだと思うだろうが、それとても珍しくはない。むかし文字を造り出した蒼頡《そうけつ》というひとは四眼と知られているし、また大唐《もろこし》の吠友《べいゆう》は九眼もあって、その大きさは日月のようだ。自分にとって悪人であると思えば、その人物のもとへ眼を一つずつ自在に飛ばして、そのひとの魂をおびやかしたり、闇夜に敵の家の上で星のように出て月夜のように照らしたり、昼間もお日様のように家の棟に宿って悩ませたりもする。財宝を多く持っているひとも、吠友に頼んで眼を使ってもらえば盗みに遭わないともいわれているのであるから、九つもあったりすることはおそるべきことではない。ましてや一眼を照り輝かせている、大きいというだけで、そのような大入道をおそれおののく道理はない。大きい男もあれば、小さい男もいる。釈迦も一丈六尺あると言われているし、孔子も九尺二分あったと言い伝えられているであろう」

【解説】

この八月が、序にみられる「中秋《ちゅうしゅう》」にあたるようである。常に下台所に見張りの者がおり、利信がやって来たら知らせて踊りを停止させていたようである。目の玉に関する点から、利信のはなしのなかで蒼頡《そうけつ》と共に例に出されている吠友《べいゆう》は、後年の妖怪を主題にした書物などには登場することの稀な存在である。中世から近世初期の『童子教』をあつかった幼学書・注釈書にのみ見られる存在で、「眼の大きな存在」の喩えとして「吠友」の語が用いられることもある。戯れて評すれば足利時代におけるバックベアードのような存在といったところか。このような古註空間で新たにつくられた説話に登場した存在や設定たちは平泉澄『中世に於ける精神生活』などで既に指摘されているように、本文とは懸け離れ過ぎたものであると共に、奇想天外かつ典拠もないため、近世中期以後の注釈書・往来物からは消えてしまう。しかし本作に見られることで物語作品にも吠友が引用登場していたことが知れたのは、その数少ない具体例であり、注目に値する箇所である。

地蔵菩薩のお告げ（巻之七）

【梗概】

水屋に地蔵菩薩が現われて尼公に対し、「利信は神仏に対して四条河原の放下師に例えるなど非常に無礼な男である、末社の神々は首をねじ切る、蹴り殺してやるなどと荒れているゾ」とお告げをする。これを受けて尼公が利信のもとで涙をこぼしながら内容を語ると、利信は「なんと愚かな有様、真の神をいまだに御存知なさいませぬか」と嘆《なげ》き、「この利信の自信を揺らがせるような本当に神仏にしかできない神変奇特のふしぎを見せてみろ」、と侍従に伝言させた。すると水屋からは、来たる二十四日に愛宕山に利信が参詣したならば太郎坊に伝わる十二カ月の陰陽の気に応じて刀身にしるされている「陽」の文字の位置が動くふしぎな太刀を授けよう、疑いの心を捨てて神徳を仰げ、弟たちにも笛《ふえ》・皷《つづみ》・太皷《たいこ》を与えようと思う、兄弟そろって参詣するがよい、というお告げが発せられた。これを侍従から伝え聴いた利信は、「太刀欲しさに狐に化かされてのこのこ参詣に行ったなどとあっては末代まで物笑いの種となる、そんなことを言わずに神仏であれば自在に、いますぐここでふしぎを見せろと伝えろ」、と言いつけて、また侍従を水屋に帰した。

【解説】

この一連のやりとりは狐と利信のあいだで直接おこなわれず、全て伝言形式で行なわれている点も注意しておくべきところである。利信に対し「授けてつかわす」、と登場している刀の設定がとてもこまかいのも注目できる、月や星の運行に合わせて兵具に色々なちからの影響があるという設定は、中世から近世にかけての兵法伝書にはありがちであり、何か具体的な伝書あるいは説話の設定などに拠っているのかとも思われるが詳しくわからない。本文で触れられている部分では十二カ月全部の設定に内容が及んでおらず、中途半端な点もまた気になるところではある。利信はこの場面で自身の信念の動かぬことについては「天狗やきつねたぬきの分としては中々おもひもよらすこそ候へ」と、天狗・狐・狸には思いも及ばないであろうということばを口にしている。《変化物語》に狸は直接登場しないが、ことばの表現の上では狐と狸は並んでへんげ動物として挙げられている。

ふしぎな玉（巻之七～巻之八）

【梗概】

それではふしぎなことを見せてやるから水屋へ来い、というお告げが出たので侍女と伊織が水屋へ向かうと、にぎりこぶしほどの大きさのふしぎな玉が投げ込まれた。伊織が持ち帰って利信に見せると、「玉の何がふしぎなのだ、玉がめずらしいのならば我が玉を見せてやる」と問題にせず、これを捨てさせた。尼公はそれを拾って屋敷の持仏堂に安置して鄭重に拝みつづけた。その後も神変奇特なふしぎは全く起こらなかった。

【解説】

利信が言い放っている「我が玉」はもちろん人体に具《そな》わっている睾《たま》のことである。

利信ついに狐を斬る（巻之八）

【梗概】

十九日、利信は屋敷の路地の夜まわりをする。駒井に出会ったが、これは狐の化けたもので突然大《おお》童《わらわ》のすがたに変じてニッコリと咲《わら》ってきた。利信は三原正信《みはらまさのぶ》の刀でこれを斬り払うと大きな狐がまっぷたつになって死んでいた。それと時を同じくして、水屋が屋鳴り震動して何百人もの足音が屋敷に響き、「利信がただいま自害をした」という叫び声がおびただしく起こった。侍従たちは驚いて利信の部屋に駈けつけ、それが狐たちのいたずらであったことに胸を撫でおろした。利信は「これがお前たちの信仰していた神仏の正体だ」と、狐の死体を見せる。

【原文】

偖《さて》同十九日の夜　利信はれい［例］の路ぢ廻《めぐ》りをいたされけり　此ろじ
と申は　廻《まは》れは三丁あまりも候て　たそかれ［黄昏］時には　しも［僕］へなと

のをとこ《男》もおちおそれ《怖》けるに　毎夜《まいよ》大かたは丑《うし》の刻《こく》の前後《ぜんご》には唯一人一へん《遍》つつ　廻りてかへ《帰》られけるか　此夜はさしき《座敷》にいり《入》さまには　みちすち《道筋》をかへて　寝間《ねま》に入らんとせらるる所に　次《つき》の間《ま》にて駒井*1と申女に　はたと逢《あひ》玉ふ　かみ《髪》うちちらし《散》大わらは《童》のすかた《姿》となり行過けり　かの女てもち《手持》なきありさまにて　につこ《莞爾》とわらひ《咲》て　たたすみ《佇》けり　日比《ひころ》利信は一と聞《きき》て二をさとる《悟》性の人と云　または勇力《ゆうりき》他《た》人《にん》にすくれ《優》たりしひと《人》なれは　なにかは見そこなふ《損》へき　*2三原《みはら》の正信《まさのふ》か打たる弐尺五寸のかたなを引《ひき》ぬきすき間もあらせす　二三間《けん》もおつ懸《かけ》より　こし《腰》をはすきり*3に切《きり》ふ《伏》せられけり　たち《立》より《寄》て見申されけれは　大きなる狐の左《ひたり》のまな《眼》こと耳とのあいた《間》より左のまへあし《前脚》はきけをかけて　弐つになり*4て死てありけり　其折節*5おくかた《奥方》にては　水や《屋》のうち屋鳴震動《やなりしんどう》して　人ならは数百人も　*6往還《わうくわん》のあしをと《跫》として申けるは　利信こそたたいま《只今》自害《じがい》をしたるに尼公も起《おき》よ侍従もおき《起》よとか　おひたた《夥》敷呼《よはは》りけり　尼公親子の人々　そのほか侍従をはしめ《始》て　一度《ど》に

*1 **駒井**　利信の妹・豊姫の世話をしている乳母。
*2 **三原の正信**　備後国の住人。刀工の名。
*3 **はすきり**　斜め斬り。
*4 **弐つになりて**　まっぷたつになって。
*5 **奥方**　奥屋敷。
*6 **往還のあしをと**　ひとが行ったり来たりするような足音。

声をあけて　おめき《喚》さけ《叫》ひなき《泣》にけり　侍従はまつ《先》とる物《もの》も取《とり》あへす利信のね《寝》間に懸入《かけ》て見けれは　案《あん》のことく《如》次《つき》の間《ま》の爰《ここ》かしこ*7あけ《血》になりて侍りけれは　扨はうたかふ《疑》所なしと心得て　ね《寝》間のをく《奥》へ懸入見けれは　卓《つくへ》の上に狐弐《ふたつ》に切ころし《殺》置れて　利信はか《刀》たなの血《ち》を拭《ぬくひ》ておはしましけり　利信のたま《宣》ひけるは　なに《何》としてはや《早》く知《し》り来るそとありけれは　侍従申けるはかやう《斯様》〳〵の事にて　おとろき《驚》参りたり　まつ《先》もつて御つつ*8か《恙》なく御わたり　目出度候　とてうれしなき《泣》にそなけきける　利信申されけるは　我旧年《きうねん》より八*9まん《幡》を証人《しようにん》に誓言《せいごん》をたてて申ける所に　もし本望《ほんもう》をと《遂》けさらむ物ならは　汝が思ふ所もはつかし《恥》と　此比は一しほ《入》思慮《しりよ》をめくらし《廻》つるに　こよひ《今宵》こそ面目《めんぼく》をすすき《雪》てこそあれ　いかに侍従これを見よ　汝等《なんぢら》か日比の御神とあかめ《崇》申たる神の御すかた《姿》けつこう《結構》なるありさまにてはなき■　まことの神と云物か　また我日比《ひころ》云し淫祠《*10いんし》といふ物か　よく見知《し》りおけ　とて侍従かひさ《膝》の上に　なけ《投》て申されけるは　此比の十日の内に　本性《ほんしやう》をあらはさ

***7　あけになりて**　血で真っ赤になっている様子。

***8　御つつかなく**　御恙無く。変わりなく無事達者でいること。

***9　八幡**　八幡大菩薩。武士たちに厚く信仰されていた。

***10　淫祀**　あやしげな神。

＊11　弓矢　武士としての身分を示している。
＊12　契約　八幡大菩薩への誓言の内容。
＊13　消散　散り失せる。

すんは　＊11弓矢《ゆみや》を手にとる事あるましきと　かたく《固》やくそく《約束》しつるに　扨はまたなかく《長》弓矢を子孫《しそん》に伝《つた》へむと思ふ也　去《さり》なから　日比汝か云所は類神数多《るいしんあまた》ありとかたり《語》けれは　＊12契約《けいやく》のとをり《通》十日のうちに残《のこ》らす　＊13消散《せうさん》せすんは　たちまち《忽》本性をあらはしせうめつ《消滅》さすへし　しかる《然》におゐて《於》は　此きつね《狐》を水や《屋》の外口に　見せしめのために　はりつけ《磔刑》にかけて　さらし《晒》をく《置》へきとそ申されけり

【口語訳】

さて、十九日の夜になると利信は、例の路地めぐりをしました。この路地というのは、ひとまわりすれば三丁あまりも道のりがあり、黄昏《たそがれ》時になれば下僕の男たちであっても怖がって恐れていました。毎夜、だいたい丑の刻の前後には、ただ一人、一遍ずつひとまわりして帰るぐらいで済ませていますが、この夜は座敷へ入るときに、道順を変えて寝間の方へと入って行ったところ、次の間にて駒井という女に、はたと行き逢いました。駒井は髪を乱し散らして、大童《おおわらわ》のようなすがたをして行き過ぎ、手持ちなさげに莞爾《にっこ》と哂《わら》ってたたずんでいました。

日頃から利信は、一を聞いて二を悟るような鋭敏な人ですし、勇力も他人より優れている人ですから、何かを感じ取ったのでしょう。持っていた三原正信の打った二尺五寸の刀を引き抜くと、隙間も見せずに二、三間も駒井を追い駈けると、その腰を斜《はす》斬りに切り伏せてしまいました。立ち寄って見れば、大きな狐が左の目と耳のあいだから左の前足にかけて、まっぷたつになって死んでいました。

そのとき、屋敷の奥方では、水屋が屋鳴り震動して、人であれば数百人が行ったり来たりする跫音《あしおと》をさせながら「利信がただいま自害した、尼公も起きよ、侍従も起きよ」と、おびただしく呼び声をあげました。

尼公たち家族、そのほか侍従はじめ、みなそれを聞いて一度に喚き叫んで泣きました。

侍従は、まず取るものも取りあえず、利信の寝間へと向かって駈け込みました。すると次の間のそこかしこも真っ赤になっておりましたので「さては本当のこと……」と心得て、寝間の奥へ駈け入って見ると、そこには卓《つくえ》の上にふたつになって切り殺された狐を置いて、刀の血を拭《ぬぐ》う利信が居ました。

「なぜこんなに早くこの事を知ってやって来たのだ」

と利信が問い掛けましたので侍従は、

「かくかくしかじか不審な声に驚き、駈けて来たのですっ。まずもって……つつがないようで、めでたいことでござりますっ」

と嬉し泣きをしました。利信は、

「わしは去年から八幡大菩薩を証人に誓言を立てている手前、もし本望を遂げられぬ時は恥ずかしいと思い、このごろは一入《ひとしお》思慮をめぐらせていたのだが、今宵はいよいよ面目を濯《すす》いだぞ。侍従、これを見ろ。汝たちが日頃に御神として崇めていた神の御姿がこれだ。結構なありさまではないか。これが真の神というものか、またはわしの申しておった淫祠というものか、よぉく見知っておけ」

図 1-1-15　狐を退治した利信

巻之八におさめられた、みひらきの二場面。ついに名刀（三原正信）で狐を斬った利信と、その後、屋敷の庭に晒される狐の様子。

と狐の死骸を侍従の膝の上に投げながら、

「というのも、この十日のうちに相手の本性を顕《あらわ》せなかったらば、弓矢を手に取らぬと堅く八幡大菩薩に約束したからだ。それであるから、また今後も長く弓矢を子孫に伝えようと思うぞ。しかし日頃汝らが語っている事を思い返せば、この類神《なかま》もまだ数多《あまた》いるようであるから、契約どおり十日のうちに残らず消散しないようであれば、それらもたちまち本性を顕して消滅させるだけだ。なのでこの狐を水屋の外口に類神《なかま》への見せしめのために、磔刑《はりつけ》にかけて晒し置くように」

と仰りました。

【解説】

利信は、十日のうちに神仏を騙《かた》るものの正体があばけなければ、弓矢の道（武士であること）を捨てると八幡大菩薩に誓っていた。遂に狐退治に及ぶこの場面で使っている刀は巻之五で用いていた「守近」ではなく「三原正信」である。これによって利信と狐たちとの対立の展開はひとつの区切りを迎える。

狐たちの退散（巻之八）

【梗概】

利信は斬り捨てた狐を丸竹に串ざしにして「十日のうちに立ち去らねば一類残らず微塵にする」と宣言して水屋に磔にして以後、「もし十一日目になったら屋敷を全て燃やしてしまおう」とすら覚悟を決めていた。

結果として「明日の昼に大唐よりお客様がいらっしゃるので、我々は末社に到るまで帰る、約束は違《たが》えがたい」と狐たちは尼公らにお告げを出し、神仏であることを装ったまま、二十三日に津田屋敷から去って行った。その後は二年続いた津田屋敷に妖怪による騒ぎは全く起こらなくなってゆき、二十五日に稲荷大明神であると名乗って、赤飯を供えること、十番目の娘である田世《たよ》姫は災いをもたらすので稲荷の末社をつけて都へ移すべきことなどをお告げし、しばらくは侍従らを呼びつけていた。しかし、数年後には崇拝にくたびれて尼公による信仰もぞんざいになり、侍従らにも「殿に告げるぞ」などと言われると、急ぎの要求をしなくなり、ウソ霊験をすることも鳴りをひそめた。

【原文】

偖《さて》翌日にもなりぬれは　水や〔屋〕のれんし〔連子〕*1の外に　かのきつね〔狐〕を　六*2

***1 連子**　木などをこまか

く一定の間隔で建て並べた建具。窓などに用いる。

*2 **六寸まわり** 廻《まわ》り・円周が六寸ほどの太さのもの。

*3 **くし** 串、杙のこと。ここでは磔刑に用いるもの。

*4 **同類** まだ残っている狐たち。

*5 **離散せすむは** 離散せずんば。離散しなければ。

*6 **一類** 類族みんな。

寸まはりの丸竹《まるたけ》のくし[*3]にさして置れけり　扨《さて》侍従を呼《よひ》ておほせ《仰》けるは　汝水や《屋》に参り申きかす《聞》へきは　日比此利信か神通方便《しんつうほうへん》をめ《廻》くらさんと云しかは　かの竹《たけ》くしの事なるに　[*4]同類《とうるい》に出てみよと申へし　また度々申きかすることく《如》　十日の内に離散《りさん》[*5]せすんはたちまちに《忽》一類《いちるい》[*6]残らすみちん《微塵》になすへし　いそき《急》住所《ちうしよ》〳〵にたち《発》かへれ《帰》かしと申渡《わた》すへし　とそのたまひ《宣》ける　侍従水やに参り件《くたん》の通り申けれは　なにの返事もなかりけり　侍従云やうは　皆々御留守《るす》とみへ《見》たりと云けれは　こくう《虚空》より申けるは　返事《へんじ》は明日尼公に申聞すへしとそ申けり　扨利信の十日の内りさん《離散》せすむは　屋敷《やしき》の三方は海手なり南のかたより火をつけ白昼《はくちう》に焼払《やきはらふ》へしと　内々よりたくみ《企》置れし事なれは　十日過て十一日にもなるならは　必《かならす》財宝《ざいほう》にもかへり見す　やき《焼》払へしと思ひつめられけれは　かの変化《へんけ》もよくさとり　または度々利信の道理《とうり》にせめられ　或はゆうりき《勇力》におそれてや　翌日にもなりぬれは　尼公や侍従をよひ《呼》て申けるは　今すこしも逗留《とうりう》なし給ひ　利信か悪口《あくこう》の返報《へんほう》　また

はのそみ《望》のこと《如》く神通方便《じんつうほうべん》をもなしたまはん　なれとも明昼《めうひる》は大＊7唐《とう》より御きやく《客》まうけ《設》させ玉ふなれは　太郎坊《たろうぼう》の一類末社《いちるいまつしや》は　愛《あた》宕山《こさん》へかへり《帰》給ふへしと也　廿三日の＊8寅《とら》の一天《いつてん》に御山へ送《おく》りもうすへしとそ申ける　さてやくそく《約束》はたか《違》へかたしとて　廿三日のとら《寅》の一天に　中間《ちうけん》五六人　松明《たいまつ》とほ《灯》させ＊9おくり《送》つかは《遣》しけり

偖《さて》廿五日に杉《すき》の水《みつ》の天神へをくり《送》　或は水清《みつし》のくわんをん《観音》へ送り或は斎《いつき》大明神　或は松尾《まつのを》の観音《くわんをん》なと《等》へおくれ《送》とて　よる《夜》のうちに五六ヶ所へおくらせけり　さて稲荷《いなり》大明神と名乗《なのり》て　侍従駒井を呼て申けるは　みな神々は末社《まつしや》をとも《伴》なひかへり《帰》玉ふなり　悦《よろこ》ふへし　われも今宵《こよひ》は帰るへし　赤飯《あかのめし》を明神《めうじん》の本社《ほんしや》にそな《供》へ申へし又尼公に申聞すへし　十番《ばん》に生れし＊10田世姫《たよひめ》■　親兄弟《おやきやうたい》共に悪縁《あくゑん》なり　都《みやこ》はるかに送《おく》るへし　家のうちになつけをく《置》ならは　兄弟共わさ《災》はひたるへし　いそ《急》き何方《いつかた》へも送《おく》るへし　其内は末社をつけおけとの神勅《しんちよく》なれは　にし《西》のいなり《稲荷》の宮をつけをき《置》玉ふとそ申ける　侍従申けるは　かの《彼》ひめ《姫》君《きみ》につけ置《おき》玉ふにおよは《及》す　侍従

＊7　**大唐**　もろこし。大陸。大唐の御客がどういう存在であるのかは未詳だが身分の高い存在を想定して語っている。神仏習合時代の感覚である。

＊8　**寅の一天**　寅の刻のはじめ。午前四時ごろ、夜明けのころ。

＊9　**おくりつかはしけり**　本文でもここにかぶせて、送られてゆくへんげたちの挿絵が描き込まれている。その列には狐たちや妖怪、鉄棒を持った三つ目入道などが描かれている。

＊10　**田世姫**　利信の妹にあたる。

＊11　**遠国**　田辺（丹後国）から離れた遠隔の地。

たしかに請合《うけあい》申也　追付《おしつけ》*11遠国《ゑんこく》へをくり《送》申へし　こよひ《今宵》のうちににし《西》もひかし《東》もつれ《連》たちて帰らせ玉へと申ける　いや神勅《しんちよく》なれはちからなしと申て　其後《のち》はにし《西》の稲荷《いなり》とて　折々に侍従呼《よはは》りをいたしけれと　尼公も後にはくたひれ《草臥》て　大かたにあひしらひて五七年も居り侍りけれと　なにのわさ《災》はひもなかりけり　せはし《忙》く呼《よひ》ぬるときは　殿《との》につけ《告》けんと云けれは　其ままやみ《止》て唯利信におそれけり　まことに利信は仏学《ふつかく》をつとめ　*12一心三観《いつしんさんくはん》の実《まこと》のまへ《前》に心をつくし　儒学《しゆかく》を専《もつはら》にまなひ《学》　*13放心《はうしん》をおさめ《収》至善《しせん》に止《とま》らむと明《あけ》くれくふう《工夫》を■玉ふ折なれは　鉄《てつ》の網《あみ》をかけ大象《ぞう》にてひく《引》とも我かこころをうこか《動》さんものは　誰かあるへしと　つね〴〵《常》のた《宣》まひけるか　此とき《時》にあたり　顕然《けんせん》とたか《違》はさりけり　と皆人かん《感》しけり　もし又こころをうこか《動》さは　二年越《こし》のやうくわい《妖怪》にて前代未聞《せんたいみもん》の変化なれは　いか《如何》なるわさ《災》はひかあらむ　なれとも放《はう》心《しん》をおさめし印《しるし》には　けんそく《眷属》数《あま》たなりけれとも　けか《怪我》あやまちもましまさす　つゐ《終》にはおち《怖》おそれて　祖母《うば》や母《はは》うへにいとま《暇》こ

*12　**一心三観**　空観・仮観・中観を同時に持って心とする観法。

*13　**放心《ほうしん》をおさめ至善《しぜん》に止《とま》らむ**　「放心」は失われた心のこと。『孟子』では「放心を求むる」ことが学問の道の根本であると説かれている。「至善に止む」は『大学』などに見られる。儒学・朱子学を規範とした武家たちには広く持たれていた修養のようで、「学問の大意と云は、放心をおさめ本心をくらまさず、固有の仁義礼智信をいきものとしてはたらかす迄の事」（近藤斉『近世以降武家家訓の研究』「羽臣家 羽臣家訓 巻之中」）など。

*14　**致知**　物事を究めるこ

と。朱子学などで大切なこととされる。巻之壱の序では「ちち」と傍訓がある。

ひして　すみか《〔棲家〕》〱にか《〔帰〕》へりし事　是利信の勇力《ゆうりき》　又は修身誠意《しゅしんせいい》
*14致知《しち》の妙《めう》　たれ《〔誰〕》もかくこそあらまほしき事哉《かな》と　かん《〔感〕》せぬ人はな
かりけり

【口語訳】

さて翌日になると、狐は水屋の連子《れんじ》の外に六寸まわりの丸竹を串にして刺した磔刑《はりつけ》のすがたで置かれていました。

利信は侍従を呼ぶと、このように仰いました。

「汝を呼んで水屋に聞かせてやりたいことは、日頃この利信が――神通方便をめぐらせてやる、と言っていたのは、この竹串のことであるから同類《なかま》たちに出て来てよぉく見てみろと言えということだ。また、度々申し渡してるように、十日の内に屋敷から離散せぬときは、たちまちにお前ら狐を一類残らず微塵にしてしまうぞ、急いでそれぞれの棲み家へ発ち帰れ、とも言っておけ」

侍従が水屋へ行って、その通りに言い渡しましたが、何も返答の声は聴こえて来ませんでした。

「水屋の神仏さまは御留守かしら……」

と侍従がつぶやくように言うと、虚空からの返事には、

「明日、尼公へ申し聞かせる」とありました。

いっぽう、利信は十日の内に狐たちが離散を決めなければ、屋敷の周囲三方は海に面しているので、

南の方角から自ら火を放って、白昼に焼き払うという覚悟の計画まで内心していました。誓言した十日が過ぎて十一日目になったら、財産もかえりみず全て焼き払ってしまおう、と思い詰めていましたので、へんげたちもその信念を察知したのか、または利信の言い放つ道理に責められたのか、あるいは勇力を恐れてたのか、返事にあったように翌日になると、尼公や母に次のように言ってきました。

「今すこしでも屋敷に逗留をして、利信の悪口への返報をくだしたり、望みのように神変神通を見せてやりたいのはやまやまだが、明昼には大唐よりの御客があるによって、太郎坊の一類や末社はすべて愛宕山へ帰らねばならぬ。なので二十三日の寅の一天の時刻になったらば、お山に向けてお送りをするように」

図 1-1-16　退散する妖怪変化

愛宕山に帰るという場面に描かれた絵。退散してゆく狐の群れと妖怪たちを描いたものだが、幡や吹き流しなどは後にらくがきとして加えられたもののようにも見られる。

約束を違えるわけにもいかないので、二十三日の寅の一天に、中間《ちゅうげん》を五、六人に松明《たいまつ》を灯させて送り遣わせました。また同様に、二十五日には杉の水の天神へ送り、水清の観音へ送り、あるいは斎明神、あるいは松尾の観音へ……と、夜のうちに五、六箇所、屋敷に逗留していた者たちは送られるかたちで帰って行きました。

そして稲荷大明神と名乗って、侍従や駒井を呼ぶと、

「屋敷にいた神々は、みな末社をともなってお帰りになった。よろこぶがよい。わしも今宵《こよい》帰ることにする、赤飯を明神の本社に供えるように。また尼公に言っておくことがある。十番目に生まれた田世姫《たよひめ》の事であるが、この家の者にとっては悪縁があるので、この地から都へ送ってしまうこと。この家に置いて育てていると、兄弟たちに災いがある。急いでよその土地へ送るのだ。そこへは末社を一緒につけて送っておくこと――という神勅であるから、西の稲荷の宮を田世姫には付けさせるぞ」

と言いました。

「姫君に付けおかれるには及びません。侍従たしかに請け合いまして、おっつけ田世姫様を遠国へ送ることに致しますから、今宵のうちに稲荷大明神様も、西も東も連れ立ってお帰り下さいませ」

と侍従は返答しましたが「いや、神勅であるから、やむをえん」と、その後も「西の稲荷である」と名乗る狐に、しばしば呼び出されていました。しかし、尼公もその後くたびれてしまったのか、お告げに対してもぞんざいに扱うようになり、五、七年ほどたっても、何の災いも家の者には起こりませんでした。せわしなく呼び出しがあるときなどは「殿さまに告げます」と言うと、狐の側も利信を恐れてか、そのまま止《や》んでしまうようになりました。

これも実に利信が仏学に努めて、一心三観の教えに心を尽くし、儒学をもっぱらに学び、放心を収め至善に止らんことを目標に、学問の大意を明け暮れ考えつづけていたからです。「鉄の網をかけて大象で引こうとも、わしの心を動かす事のできる者が誰かいるだろうか」と常々言っていたように、

このような事態に即しても利信は顕らかで揺れ動くことがなかったと人々は感じ入りました。もし心を動かされていたら、二年越しにも及ぶ妖怪という前代未聞のへんげが相手のことですから、どんな災いをこうむったことでしょう。

利信が放心を収めていたその証拠に、へんげの眷属がどんな数多《あまた》あろうとも、怪我《けが》も過《あやま》ちも冒《おか》さず、遂にへんげたちの方が恐れおののき、尼公や母たちをはじめとした奥方の者たちに暇乞《いとまご》いをする体裁をとりつつ、すみやかに帰って行ったのです。

これも利信の持つ勇力、または修身、誠意、致知《ちち》の妙である事は、誰であろうと「全くそうである」と感じ入らないひとはありませんでした。

【解説】

仏学・儒学を修め、鉄の網をかけて大象で引こうとも動かない心を持った利信の立派な態度が、二年にもわたる妖怪変化に対しての勝利をもたらしたのであると語られ、巻之壱の序文にもあったような修身・誠意・致知の重要性が改めて説かれて《変化物語》の本編の展開は終わる。

十三、後日談とあとがき

津田屋敷の狐たちの後日談（巻之八）

【梗概】

津田屋敷の狐たちのその後について、別のはなしが増補されている。因幡《いなば》国に息子が家を出て行方不明になってしまった夫婦がおり、そこに旅の占《うらかた》の上手《じょうず》（うらないの名人）がやって来て、算木を使い「息子さんは三年後の秋の何月何日に戻って来るでしょう」とうらない、実際その日に息子が家に戻って来る。この占《うらかた》と息子が実は津田屋敷にむかし棲んでいた狐で、息子に化けたまま城に出仕して出世し、家中の立派な家柄の娘の聟となるが、あるとき酒を飲み過ぎてうっかりしたのか眠っているあいだに大きな鬼のすがたになってしまい、義父たちに縄でぐるぐる巻きにされる。「わたしの出世をねたんだ魔物の仕業でそのようなすがたに見えたのでしょう」と取り繕うが、真言宗の徳の高い能化《のうけ》による一週間以上にも及ぶ祈祷によって遂に狐は正体と履歴を明かし、殺された。

図 1-1-17　後日談
お祝いの酒に酔って眠った花婿が大きな鬼になっていた場面。この場面の演出は当然、大江山の酒呑童子を意識したものでもあると言える。

【解説】

この後日談も《変化物語》にはなく、巻之壱の川瀬屋敷のはなしなどと同じく『丹後変化物語』に補綴増補によって加えられたものだと見られる。内藤五郎左衛門《ないとうごろうざえもん》というひとが病気の湯治のために訪れた但馬《たじま》国の城崎《きのさき》温泉で出会った因幡国のひとから耳にしたはなし

——として記載される。狐は、丹後国田辺の津田藤十郎の屋敷に住んでいた狐で、浮木《うきき》ぜんこうという名の僧侶となって諸国を巡っていたが、久し振りに田辺に戻ると津田家はなくなっていたので、また各地を巡り、その途中この因幡国の息子が行方不明になった夫婦を知り、悪事を行なったと語っている。狐は最期に「もしも、田辺のひとに出会ったら、津田屋敷の狐は因果の末に、このように死んだと語り伝えてくれ」と頼んだと結んでいる。

なお、狐が田辺に帰ったら津田家はなくなっていたと言及しているが、この段の冒頭で突然「やうす［様子］ありて利信浪人してつゐ［遂］にたちのき玉ひけり」と、津田利信が浪人となり丹後国を去ったことが語られており、その後については一切語られていない。利信を主人公として見た場合、物語としては尻切れとんぼであるが、もともと《変化物語》では狐たちが退散してめでたしめでたしとなっていたであろうことを考えると、狐を退治した後の浮木ぜんこうなどの展開は当初の絵巻物や写本には特に存在していなかったとも考えられる。

あとがきにあたる部分（巻之八）

【梗概】

巻末には本文につづけて、流れを変えることなく、この写本の原本には漏れているはなし（川瀬屋敷のはなしや木村文右衛門のはなしなど）があったので補綴をした、という経緯についてが書かれており、『丹後変化物語』の内容は、原型となった《変化物語》に対してその後の人々が語り伝えていた他のはなしを付け足して統合されたことがよくわかる。また、「此物語には沢田将監利信とか《［書］》かれたり名違ひぬれどもさだ《［定］》かならん」などとあり、津田利信が澤田利信の名で語られている別系統の《変化物語》の存在についてもここで触れている。

【解説】

『丹後変化物語』という補綴増補されたかたちの写本がつくられた際の経緯などが記されているが、その際に漏れていたはなしを語ってくれた存在（田辺の住人たちであるとみられる菱屋七左衛門、丹波屋加七郎、酒井源左衛門あるいは、補綴者の娘の乳人《めのと》など）についての記述は詳しくあるものの、補綴者本人の名は登場せず、先行する《変化物語》の原著者同様に不明である。菱屋七左衛門は、巻之壱の川瀬屋敷のはなしに登場する菱屋彦右衛門の縁者かと推測できる。主人公が澤田将監の名で書かれた写本については、十八世紀に記された磯田《いそだ》閑水《かんすい》『田辺旧語集』や、浜田《はまだ》正憲《まさのり》『丹後国加佐郡旧語集』に「永田氏祖父何某の述作のよし」という情報が残されているため、少なくともこの系統以後に補綴が行なわれ、『丹後変化物語』の系統の原本が生れたと考えられる（一四九頁も参照）。ここの文章では巻之弐に挿入されている津田屋敷の家老木村文右衛門のはなし（あとがきに拠れば、酒井源左衛門という人物の語ってくれたもの）の箇所と共通して「妖物《ばけもの》」という熟語がしばしば使用されている。この熟語の傾向からも、文右衛門のはなしが補綴増補の際に《変化物語》に加わったものであると確かにうかがうことができる。

第二節　解題　『丹後変化物語』と《変化物語》について

《へんげ》という言葉は、妖怪変化や狐狸変化などの熟語をはじめ、「妖怪・変化・幽霊」という三分類が設定される際にも登場するため、一般的にも身近な言葉である。しかし《へんげ》そのものが独立して魅力を持った大看板として大きな主語や主題として扱われる機会は、案外と少ない。へんげ動物の最大派閥である狐《きつね》と狸《たぬき》が目立ちすぎるのも、その原因の一端であるのかも知れない。その他のへんげ動物（鼬《いたち》・鹿《しか》・猪《いのしし》・蟹《かに》・鷺《さぎ》・雉《きじ》・猿《さる》……）となると、まとまった情報の蓄積が少ないのも事実ではある。

蛇《へび》たちも神代のころからの古株だし、猫《ねこ》も芝居や昔話を中心に人気者だが、妖怪から独立して《へんげ動物》たちが《へんげ》という考えのもと一堂にいろいろ考えられたりすることはもう少しドシドシ増えていってもいいのではないか……と、いうことを吾曹は日頃考えてもいるが、今回採り上げる《変化物語》という化物屋敷を舞台にした作品群に出て来る、主役のへんげ動物は明確に「狐」である。やはり最大派閥は強大なのであった。

変化物語のいろは

この《変化物語》は「物語」と題されているとおり、どちらかといえばその展開はお伽《とぎ》草子や仮名草子のような物語世界に位置している。仮名草子であるかないかという文学の上での分類区分については過去に論議されているが、位置づけとしてはお伽草子や奈良絵本の流れを汲んで発達し、徳川時代前期にかけて武家や豪商たちの間にも享受拡大された物語作品群とおなじような土壌を持つと考えられる。内容には教育（丹後国の地誌や寺社の縁起物語）、教訓（あやふやなもの・妖怪変化に対する朱子学な心構え）についても濃厚に含まれていることから、『土蜘蛛草紙《つちぐもぞうし》』や『武家繁昌絵巻《ぶけはんじようえまき》』のような、おもに武家階層に流通した絵巻物商品としての側面が色濃いと見ることもできる。

左記のような位置づけは、「絵巻物」であるということを中心にとらえた《変化物語》についてだが、「写本」のかたちで残されている例もいくつか確認できる。『変化画巻』をはじめ絵巻物の例には本文が全くなく、絵のみが連続して描かれているものが多いが、写本の場合は物語がきちんと文字で書かれ、その合間に対応した挿絵がいくつか描かれるかたちでまとめられている。

特に、前節で採り上げた国立国会図書館に所蔵される『丹後変化物語』は、補綴《ほてつ》内容から、いくつか存在した別々の系統の写本を統合して完成させた一種《特殊なもの》である側面を知ることができる（諏訪春雄「「変化物語」の形成と展開」『国華』一二八〇号）。

既に述べたように、絵巻物には詞書《ことばがき》を持たない作品例が多い。《変化物語》の持つ筋書《すじがき》は絵だけを眺めてわかるほどには単純ではなく、絵のみの状態の絵巻物が先行していた作品とは考えづらい。

頼光四天王の酒呑童子《しゆてんどうじ》や土蜘蛛《つちぐも》退治のように、「絵を見るだけ」で内容がわかる物語として《変化物語》が全国規模で享受されていたことを示す後世の傍証例はほとんどないため、基本的には「絵のみの絵巻物」より、「絵入り物語」や「物語」の成立のほうが先に立っていたと考えられる。

把握されている作品点数が根本的にまだまだ少ないため、検証は難しいが、『丹後変化物語』は、現在確認できる絵巻物・写本の内容を包括しており、残されている諸本の多くで欠けている巻や場面を補うことが可能な点で、重要な存在位置にある写本ほひとつだと言うことができる。

ただし、『丹後変化物語』はあくまでも、統合補綴して完成された後発の写本なので、さらに時代を遡《さかのぼ》る《変化物語》の原型の本文を明確に知る資料となると、その存在は全くはっきりしない。「絵巻物」や他の「写本」との比較から、統合補綴された『丹後変化物語』の段階で、あらたに《変化物語》の構成のなかに加わった可能性が読み取れるのは——

▼丹後国の名所地誌（巻之壱の冒頭や巻之四の斎《いつき》大明神の縁起物語）
▼川瀬伊織のはなし（屋敷の前の住人）
▼木村文右衛門のはなし（屋敷の家老）
▼因幡国での狐のはなし（狐たちの後日談）
▼補綴の経緯や別名主人公作品の存在の明記（あとがき）

——といった箇所が大きな部分で、この箇所の有無を確認することによって、補綴以前・以後にあたる作例、あるいは書承であるかを判別することができそうである。

変化物語の妖怪たち

《変化物語》には、数多くの妖怪たちが登場する。

本文中にみられる熟語としては、外題にもある通り《変化《へんげ》》が頻繁に用いられているほかに《妖《よう》怪《かい》》も使われている。（巻之壱「妖怪はひとによりておこる」、巻之弐「扨其後妖怪《ようくわい》の次第を聞人毎に」、巻之八「かくて妖怪《ようくわい》来らず」など）ほかに用いられている熟語には《妖物》（巻之八「かの妖物《ばけもの》の事」）もあるが、文脈として《ようかい》が使われている点は、徳川時代における《ようかい》という熟語の、物語のなかでの一般的な享受例の一つとして注意しておきたい。

無論、物語のなかで登場する諸々の《妖怪》は、狐たちが《へんげ》のちから（化け術・妖通力）を使って発生させた怪現象や怪物たちであることがほとんどである。

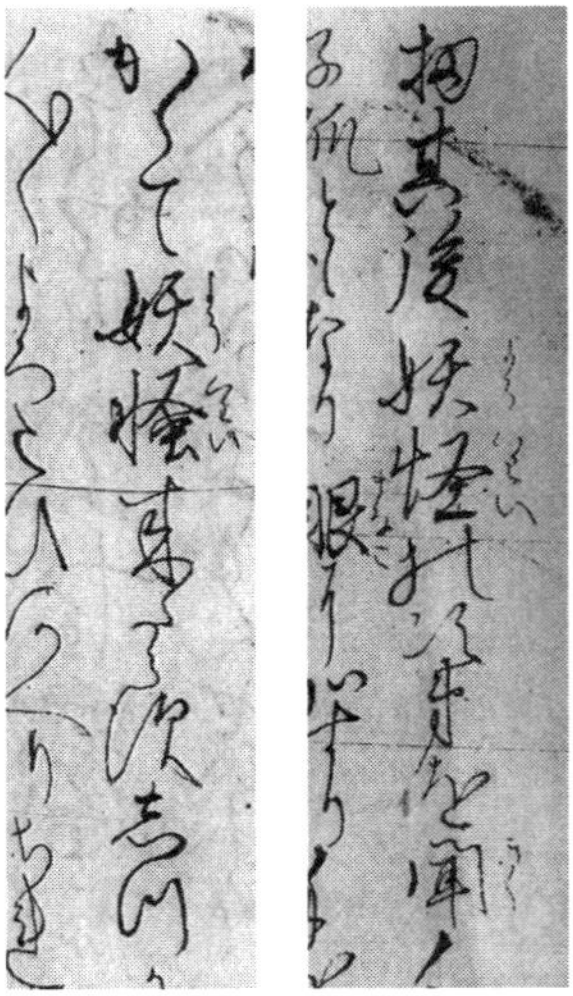

図 1-2-1　巻之弐（右）、巻之八（左）の「妖怪」とある本文箇所

同じように狐たちが数々の妖怪を出現させる絵巻物『大石兵六物語』に見られるような、すがたを見せておどかして完了——という単純な怪物めいた役どころの妖怪もいるが、《変化物語》の場合、全体の構成としては、化物屋敷を主軸としたはなしに良く見られる「勇敢なる主人公」対「妖怪たち」という単純対

決のみではなく、もう一歩複雑な《別の主軸》も持ち合わせている。

その《別の主軸》というのは、物語の舞台となる屋敷の女性たち（祖母や母）の日頃から篤く信仰する神仏の名を狐が騙《かた》って登場する展開が一貫して用いられている部分である。つまり、「勇敢なる主人公」という軸と並んで、もう一つ、「畏敬する家族」という軸が、一つの屋根の下で同時進行しているのである。屋敷の狐たちは《愛宕山太郎坊《あたごやまたろうぼう》》やその子息たちを名乗ってお告げを下したり、奉納として繰り広げられる豪華な踊りによろこんだり、種々のウソ霊験を見せたりして屋敷を騒がせてゆく。

騒がせるといっても、これは「ありがたや」という喜びの騒ぎで、かたちとしては、古くからみられる偽物の神仏の霊験を見せる《へんげ動物》の説話が踏襲されている。狐たちが主人公にそのウソ霊験を気付かれないように深めさせてゆく展開は、後代の物語よりも濃密に設定されている。

主人公や、登場人物全員が一様に化け本尊にだまされる・だまされない――どちらかの側だけに立つ単純構造ではなく、主人公は否定側、主人公以外の家族（妹たちなどもおり、基本的に人数が多い）は狐たちに付け入られていたり、ひたすら恐怖していたりするという複層的な構図が、《変化物語》ではとてもおもしろく描かれている。物語の舞台が多数の家族・世代が暮らす「屋敷」であるからこその構成だといえよう。

「絵巻物」でも「写本」でも、多数の場面は絵に描かれており、どのように妖怪が描かれたり表現されたりしているのかを確認することができる。ただし、どの作品もすべての場面が絵画化されてい

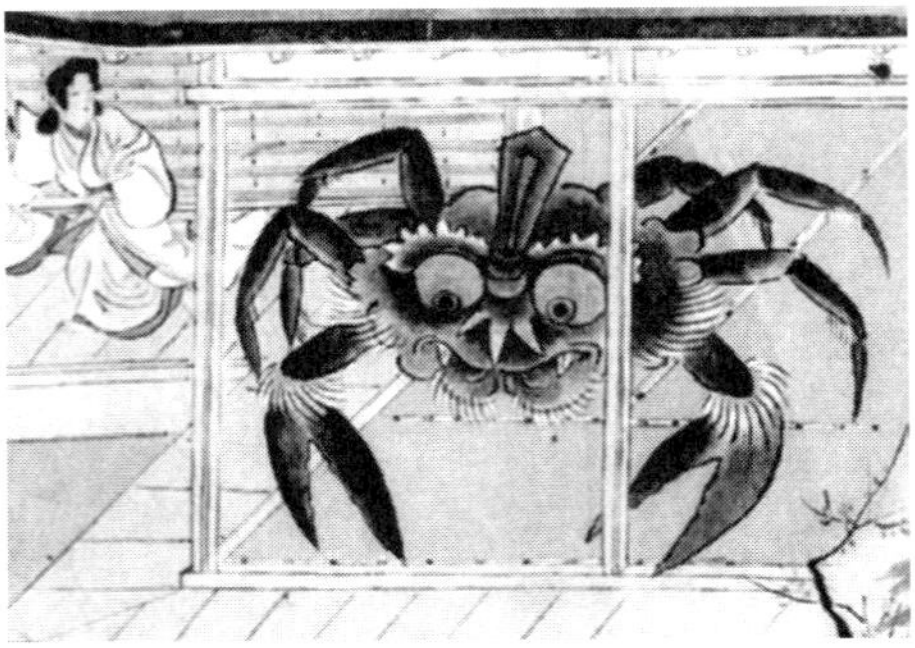

図 1-2-2a 『変化画巻』の大蟹の登場場面
（『ボストン美術館肉筆浮世絵』第 1 巻）

図 1-2-2b 『変化絵巻』の大蟹の登場場面
（湯本豪一『今昔妖怪大鑑』）

巨大かつ、顔の真ん中に剣のかたちの飾りがあるなどデザインにも特徴が多い。『丹後変化物語』には該当場面の挿絵がない。絵巻物の系統の変化物語において発達特化していた画像妖怪だと言える。

るわけではなく、写本にしかない・絵巻物にしかない・どちらにも描かれていない例がそれぞれあり、現段階ですべてを揃えている作品の例は確認できない。

また、屋敷に実際登場していなくとも、はなしの中や表現としてのみ出演している妖怪もある。

妖怪についての問答に示された漢籍（や古典に仮託されて古註で創作された説話）にあるはなしや、屋敷の下僕《しもべ》たちが「狐狩り」を「猫また狩り」と偽って実行した際に用いた《猫股《ねこまた》》についての表現なども興味のある点で、徳川時代初期の知識例として抽出することができる。

個人的には、小さい蜘蛛《くも》が天井に移動したのちに大音と共に落下して来たという大きな蟹や、ころころ転がって来る巨大な鞠、天井から木練柿《こねりがき》が大量に落とされてくる（あやしいけれど、食べたらとても甘く美味しい）などが、絵巻物などを通じて魅力あるデザインで場面として描かれている点や、『大石兵六物語』や『稲生物怪録』とは少し趣味の異なった雰囲気で登場する存在である点に、強く好感と興味（特徴があるのに必ず描かれているわけではないことや、徳川時代中期以後の作品になぜ継承された気配がないのかという部分）をおぼえる。

物語の舞台と人物

《変化物語》の舞台設定は、丹後《たんご》国加佐《かさ》郡田辺《たなべ》——現在の地名でいうと京都府舞鶴市である。

主人公は津田《つだ》藤十郎《とうじゅうろう》利信《としのぶ》あるいは澤田《さわだ》将監《しょうげん》利信《としのぶ》と設定されている。主人公の家はもともと大名であったが、浪人してのち田辺の地にとどまったとされる。物語前半では病気のために都に療養に出ており不在だが、稲富《いなとみ》流の鉄砲の術を修《おさ》めており「狐狩り」の際はこれを必殺技として用いている。妖怪変化については「ふしぎなものなどではないのダ」あるいは「とるにたらぬものダ」という持論があり、胆《きも》が太い。

統合補綴された写本と見られる『丹後変化物語』では、津田藤十郎利信が主人公として描かれている。しかし、写本・絵巻物には澤田将監利信の名で描かれている例も多く、どちらの系統が実際に先行・普及していたかはまだはっきりしない。

物語には、利信の祖母（法体になっており尼公《にこう》と称される）、母、妹たち（豊姫、清姫、田世姫など）、乳人《めのと》（乳母）、側室、家臣（木村文右衛門など）、下僕、下女などが屋敷の住人たちとして登場する。

《変化物語》の特色のひとつは先述したように、この屋敷に住む多くの肉親や奉公人たちといった、おなじ屋敷の中に住む多数の家族たちが動く「同時進行」にある。

そもそも主人公である利信の活躍が物語全体の中盤に入ってからという構成も手伝って、読者が一番長く眺めることになるのは、むしろ家族たちの面々である。ほかに主人公の弟と、父・津田伊予《つだいよ》の言及はあるが、関東の地にくだっていると語られており、物語に深く関わってはこない。

その他に、儀式のために呼ばれた法印《ほういん》たち（すべて狐たちの化け術にかかって見事に失敗する）、利信の友人で祖母が主人公を説き伏せるために招き問答をさせた芳庵《ほうあん》という神儒仏に通じた知識者、利信が寵愛して屋敷においていた伊織《いおり》という十三歳の浪人、また間接的な登場人物であるが、屋敷の狐の後日談を城崎《きのさき》温泉で聴いた人物として内藤五郎左衛門《ないとうごろうざえもん》などが登場する。

また補綴後の写本では、主人公の住む屋敷の前の持主は川瀬伊織《かわせいおり》という武士だったと語られている。川瀬屋敷にも同様に妖怪が屋敷に現われたが、そのすがたは伊織にしか見えなかったため、発狂の疑いを持たれたまま病歿したとされる。

あばれ役の狐について

主人公の屋敷で数々の妖怪を出現させ、変幻自在の妖通力を駆使するあばれ役は「狐」である。屋敷を襲った狐たちは特に決まった《呼び名》を持ってはいないようであるが、専門の知識をもつ法印たちを実に軽く化かしていたりするなど、かなりのちからをもつ存在として描かれている。

本文で狐たちが初登場する箇所（巻之弐）では、五匹（うち三匹が子狐）が確認されているが、最終的に何体の狐が屋敷を襲っていたのかは曖昧である。

特に決まった《呼び名》を持たされてはいない狐ではあるが、一つ目入道が妖怪たちの主任のような立場で、作中しばしば登場している理由づけとして、巻之弐の本文では、はじめに狐狩りをした際に、目に手傷を負った狐がいたからだろう（片目なので一ッ目）という噂が流れたとする展開を組み込んでいる。本作の狐に関する情報として、これは特徴に挙げることのできる点である。

補綴以後に増補されたと考えられる因幡《いなば》国での狐のはなし（後日談として《変化物語》とは別に聴かれたとされる）では、津田屋敷に出た狐のうちの一匹が同地に出没しており、「浮木ぜんこう」と名乗る僧侶や、偽物のお婿さんに化け、別の屋敷に入り込んで失敗し、殺されたとされる。

磯田《いそだ》閑水《かんすい》『田辺旧語集』には「藤十郎は狐の名」（『舞鶴市史』通史編上、一二一八頁）ともあり、津田藤十郎利信という名前自体も仮名で、藤十郎は狐の名を採ったものだとする作品外での解釈も当時はあったようだが、詳しくはわからない。また同書では「浮木禅功」と字があてられている。

《変化物語》の序盤で描かれる様子では、主人公の祖母たちは狐に好意的で、食べ物などを与えていた。屋敷の下僕たちが狐を駆除する際に、奥向きに対し「狐狩り」をすると公言せず「猫また狩り」と告げたのは、そこへ配慮をした展開である。祖母たちの行動は、武家に行なわれていた稲荷（愛宕や飯綱も含まれる）などへの信仰の様子を素材に描いているといえる。本文中で、狐たちが祀られることをしばしば願っている点にも、そのあたりを嗅ぎ取ることはできるだろう。

狐たちは、物語の途中から《愛宕山太郎坊》やその御母上の名を騙るようになるが、太郎坊の子供として於《お》平《たいら》、岩姫《いわひめ》という兄妹の名も登場してくる。主人公の母や祖母がこれを本物の神仏のお出ましであると信じていった結果、於平は屋敷に直接たたりを与えている存在の名として用いられはじめ、その名をもってお告げを出したり、乳人《めのと》に憑依したりしている。

物語の後半に狐たちが偽のお告げをする場面では「毎日お膳を捧げよ」という命令を下しているが、

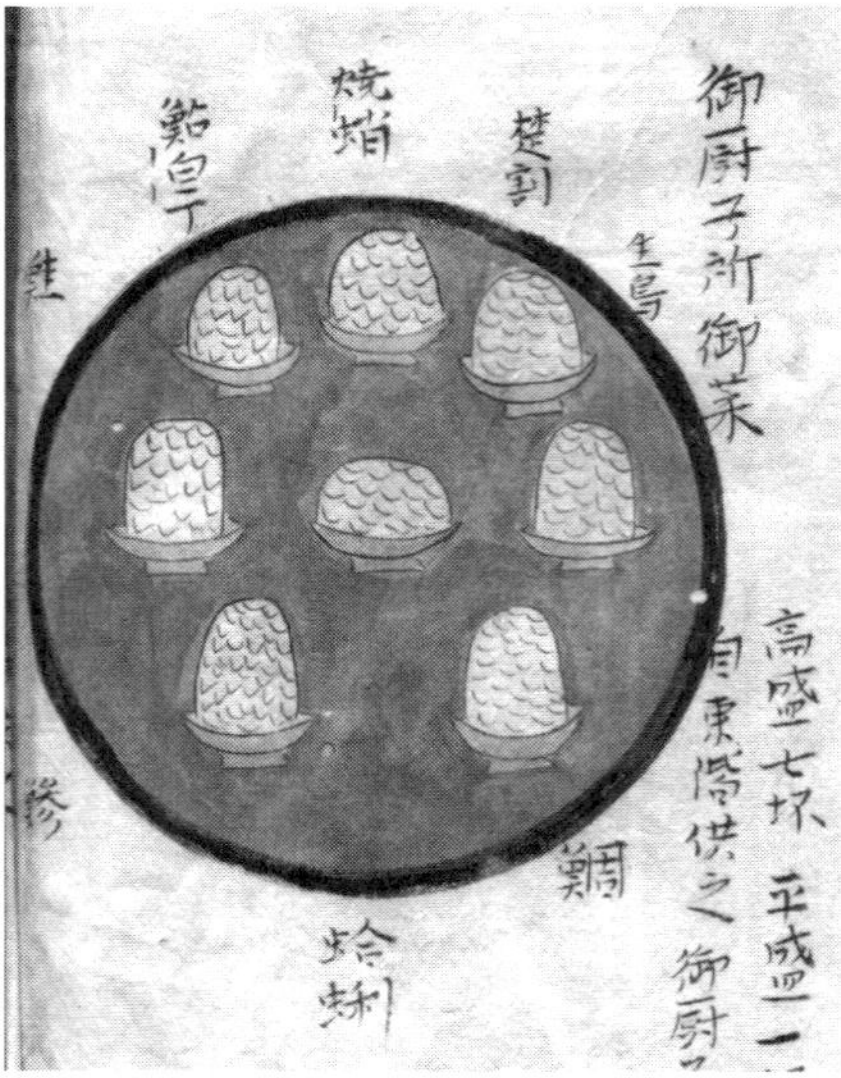

図 1-2-3a　宮中儀式でのお膳の盛り付け方の例（写本『三節会御膳供物之次第図』（1745）より。氷厘亭氷泉・所蔵）

「焼蛸」（やきだこ）の記載が見られる。

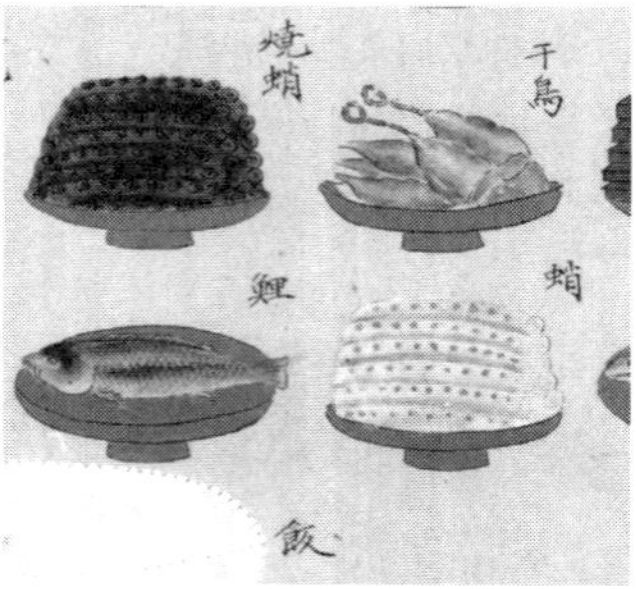

図 1-2-3b 焼蛸（『NAORAI』より）

図 1-2-3c　焼蛸・蛸（『NAORAI』より）

『三節会御膳供物之次第図』では簡略化された絵だが、『類聚雑要抄』などでは、輪切り（焼蛸）ぶつ切り（焼蛸・蛸）にした蛸の足を高く盛りつけた様子が精彩に描かれている。

そこでは「お膳にはたこ（鮹）を必ずつけろ」という特別な注文をつけている。

　一般的に狐へのお供えとして想い起こされる「豆腐の油あげ」や「鼠の天ぷら」などのあげものは、このお膳の料理のなかには全く指定されておらず、あえて《たこ》が特別な品としてあつかわれているのは、当時の本来の信仰に寄せたものなのか、あたごとたこの音通なのか、まだ狐の好物属性が定まってなかった時期だからなのか、いずれなのかは本文に示されていないこともあり、現時点では明確に語り切れない。

　現代の神饌や宮中祭祀で《たこ》がお膳に必ず盛られるしきたりとして数えられることはないようだが、例えば『三節会御膳供物之次第図』などをみると「焼蛸」が献立の図に見られる。中世から近世前半までの神仏への供物について、他の物語作品や寺社縁起、あるいは膳や料理の伝書などを通じて、《たこ》がどの程度に用いられていたのかについては、さらに精査比較する必要がある。

《変化物語》の諸本

今回の執筆時点で存在と内容傾向が確認できた《変化物語》は以下の品々がある。

▼『変化画巻』（ボストン美術館）――絵巻物（一六八五年）菱川師宣らの作画。詞書なし。
▼『変化絵巻』（日本妖怪博物館）――絵巻物　三巻、詞書なし。湯本豪一コレクション。
▼『変化物語』（学習院大学）――絵巻物　冒頭欠く
▼『変化物語』（武庫川女子大学）――絵巻物　澤田利信　結末欠く

▼『丹後奇談変化物語』（京都大学）――絵巻物　澤田利信

▼『変化物語』（天理図書館）――写本　上下二巻　澤田利信

▼『変化物語』（日本妖怪博物館）――写本　上下二巻　澤田利信。湯本豪一コレクション。

▼『丹後変化物語』（国立国会図書館）――写本　八巻（四巻）津田利信『丹後之国変化物語』

江馬務『日本妖怪変化史』の掲載図『丹後の国変化物語』（『丹後国変化物語』）の摸写原本？

▼『丹後国変化物語』（舞鶴市糸井文庫）四巻（丹後の名所について冒頭にあり）

▼『変化物語』（丹後郷土資料館）――写本　上下二巻　三上家文庫。津田利信『丹後変化物語』

▼『田辺怪談録』（個人蔵）――写本　十巻（一・六・七・八を欠く）津田利信

▼『丹後変化物語』（岡山大学池田文庫）――写本（補綴にあたる部分が見られる）

補綴後の写本と、絵巻物の前後関係は不明瞭だが『変化物語』（武庫川女子大学、巻之六の最後に相当するはなしまでが残っている）、『丹後奇談変化物語』（京都大学）は主人公の名を澤田将監利信とする本文を持つことから考えると、補綴前の内容だと言える。

諸本の本文の厳密な比較にはまだ取り組めていないが、人名や文章の多少の異動はあるものの、全体の展開はおおよそ同じで、今回取り扱った『丹後変化物語』のような、統合補綴以後の写本と考えられる系統にのみ、くわしい丹後名所案内や後日談の物語がつくなどの特徴がみられるのは先に述べた通りである。

磯田《いそだ》閑水《かんすい》によって享保年間に編まれた『田辺旧語集』や、それを受けた浜田《はまだ》正憲《まさのり》『丹後国加佐郡旧語集』にある「老人伝説」(『舞鶴市史』史料編、一六〜一七頁。通史編・上、一二一七〜一二二八頁)という見出しの項目には、津田藤十郎を澤田将監という名でつづった「化物之草紙」もあったことを記している。この項目には川瀬伊織のことや、後日に屋敷の狐が因幡《いなば》に出た——という後日談での設定に触れてもいるので、『丹後変化物語』と同じ補綴後の内容を持つ写本について言及していることがわかる。

『舞鶴市史』通史編 上(一九九三年)の「郷土の文芸」の項目で紹介されている例には、『丹後変化物語』(国会図書館)、『変化物語』(丹後郷土資料館)、『田辺怪談録』(個人蔵)が確認できる写本として紹介されている。『田辺怪談録』は挿絵もなく全巻揃っていないが、各巻にはそれぞれのはなしに独自に見出しがつけられており、巻九には「津田利信兄弟夜話の事」や「利信狐を切る事」、巻十には「妖怪離散の事」や「田辺狐因州にて入聟と成殺さるる事 付狐懺悔の事」などが見られ、結末のあとに後日談がつく『丹後変化物語』とほぼ同じ補綴後の内容を持った写本であることがわかる。『変化物語』は、『丹後変化物語』や『田辺怪談録』と内容は重なっているが、冒頭の丹後の名所の絵にあたるものがない。『田辺怪談録』は個人蔵とあるが、同書の写真図版では「井上家蔵」(一二二〇頁)、『舞鶴市史』史料編(一九七三年)には「拙蔵分に「田辺怪談録」(十冊うち四欠)があるが」(一〇五頁)と見え、編纂者のひとり、井上金次郎の当時の蔵書だったことがわかる。

『丹後変化物語』は、多数の汚損箇所があるほか、それに伴う難読箇所もいくつかある。これらは写本同士の校訂や、さらなる発見が進むことによって、精度は増されてゆくはずである。

図 1-2-4a 『丹後変化物語』の一つ目入道

図 1-2-4b 『変化画巻』の一つ目入道
（『ボストン美術館肉筆浮世絵』第 1 巻）

図 1-2-4c 『変化絵巻』の一つ目入道
（湯本豪一『今昔妖怪大鑑』）

『変化画巻』と『変化絵巻』でも本文の記述どおり、明確に青竹を持った姿で描かれている。青竹の先に「穂先」を描き足して筆のようにしたのは別の人物によるらくがきである可能性が、他の変化物語作品の本文や作画との比較によってわかってくる。

一つ目入道が筆を持っているとみえる絵も、本文には青竹の杖を持って出現したことが明確に書かれており、らくがきによって本来の杖の尖端に筆の穂先が描き足され、それが画像として流布してしまった可能性が非常に高い。絵巻物（『変化画巻』、『変化絵巻』）の同場面で筆を持たせている例が存在しないのも、この点の傍証となる。

日本妖怪博物館（三次《みよし》もののけミュージアム）に所蔵される『変化絵巻』は、まだ全巻内容を収録した出版・公開はされておらず、『今昔妖怪大鑑』（二〇一三年）でも部分公開にとどまっているが、同館資料の出品された展示に数度出品されており、巨大な鞠が転がって来る場面など書籍未掲載部分も何箇所か確認することはできた。また、同館のコレクションにある『変化物語』（写本・澤田系統）も『古今妖怪纍纍』（二〇一七年）に部分掲載されている。

他に、二〇一二年頃に一つ目入道が躙口《にじりぐち》から顔を出して女性たちが驚いている場面（一つ目入道が《変化物語》で初登場する場面で、ほとんどの作品で描かれている）のみの「断簡」がオークションに出品されていたことを記憶しているので（ただ見かけたのみで、吾曹は落札していない）、断簡や端本、写本が各国の古書市場や競売で発見される機会も、まだまだ世に散らばっていると考えられる。特に断簡や端本となってしまっている場合、《変化物語》の全体を通した場面や内容が広く知られていかない限り、それと気づくためのきっかけは世上にほとんどないのが現状ではある。

往来と展望と価値

《変化物語》は、極端に言えば作品として語られる「主題」としてはあまり採られておらず、その存在そのものが、まだ一般知識にまでは上がってきていない。『稲生物怪録』などと比較すれば、その実感は伝わりやすいだろう。

図 1-2-5　江馬務『日本妖怪変化史』の一つ目入道

持物が青竹ではなく筆になっていることから、国会図書館にある写本を参考にした図かと推測できる。基本的に『日本妖怪変化史』や『風俗研究』など江馬務の使用している図版は、アート紙への写真版以外は製版用に新たに摸写をして描き起こした線画を用いており、これもその例にあたる。中外出版から出た初版の図では逃げる女性たちも描かれている。

江馬《えま》務《つとむ》が『日本妖怪変化史』（一九二三年）の外函の図案や、第六章「妖怪変化の容姿と言語」（中公文庫版では第八章「妖怪変化の能力と弱点」）の文中に本作の写本に見られる図柄を画像妖怪の見本のひとつ「狐の一目入道」（中公文庫版では「狐の一ッ目入道」）として挿絵採用することによって、大きな筆を持った「一つ目入道」のデザインは、大正から令和にかけて《妖怪》の典型のひとつとして膾炙しているが、そこに《変化物語》の根本となる筋書はほとんど付随しておらず、「デザインのみ」にとどまっている。

同書の第八章では、本作で狐がどんな《へんげ》能力をつかっているのかについて、ほんの一部を挙げているのみで、物語本筋や作品背景については触れられていない。……江馬務はキチンと原典と本文内容を把握した上でこの箇所を書き、挿絵として採用しているのだが、世の中のほうには筋書全体を手軽に読むことのできる状態で《変化物語》そのものが存在してこなかった結果、原典としての《変化物語》の筋書や存在についての後代への認識の連続性は、ほぼないのである。

いっぽう、江馬務による画像紹介の押し出しが行われる以前――徳川時代を一貫して《変化物語》が広く知られていた作品だったのかといえば、それもまた丹後国田辺という一地域で発達した写本であったゆえの中途断絶が深くある。

土佐家系統の『百鬼夜行絵巻』のような御用絵師の各流派や版本への波及や踏襲、『稲生物怪録』のように潤色されて講釈にも展開するなどの、横幅の広い影響は《変化物語》にあまり見られない。つまり、「絵巻物」や「写本」といった現在わずかに確認できる範囲以外の作品や言及が見られず、《変化物語》は、ほとんど往来のない寒村か孤島のような状態のままになっていたわけである。

《変化物語》の一連の作品のうち、絵巻物の代表例として位置づけることのできる『変化画巻』も、一九九〇年代に入ってその存在が確認され、二〇〇〇年に到って美術書（『ボストン美術館肉筆浮世絵第一巻）に掲載されたほか、日本での展覧会にあわせてボストン美術館の名品紹介的に採り上げられたことがあるが（二〇〇六年。同じときに鳥山石燕《とりやませきえん》による妖怪を描いた肉筆絵巻物も紹介された）新聞や雑誌、図録には「一つ目入道」の出てくる箇所ではなく、菱川師宣の落款のある普通の「大入道」が登場する場面のみがカラー写真掲載されていたことも、『変化画巻』そのものが《変化物語》作品群であるというイメージの一般的な重なりを若干阻害してしまったのかもしれない。

以上は、存在そのものと絵画としての価値についての部分だが、原文を玩味した上でいえる部分は、妖怪変化・怪現象についてのさまざまなパターンや、人間側の反応や観点などが、多数の登場人物がいることによって複層的に書かれていることが特に挙げられる。

手を変え品を変え、いろいろにおどかしをかけて来る化物屋敷の物語は、現代では一般に『稲生物怪録』を近世の例でも特に独特のものとして、それのみが支配的に賞味されつくされている感もあるが、そのなかに古いかたちの作品例がいくつ増えて出てきても困ることはない。

初期の赤本や黒本などを眺めてみると、武将の屋敷にいろいろな妖怪が丁ごとに次々と出てくるものが数多く出版されていたであろうことは、現存点数からも想像することができる。おなじく武家の主人公の屋敷を舞台とした《変化物語》は今のところ絵巻物や写本でしか確認できないが、このような絵巻物商品と、赤本や黒本あるいは浄瑠璃芝居などの趣向のあいだにどのような前後関係があったのか考える上でも、その存在は欠くことのできない位置にあるのではないだろうか。

またこれは中世から近世前期までの物語の《つくりかた》にしばしばみられる一種の情報空間の上でのくせだが、《変化物語》の本文には、当時読まれていた幼学書や注釈書に書き込まれた《古註》の中で提示された説話や、そこに立脚して書かれた能の詞章に見られる対句（巻之六で語られる孝行な子供の譬《たと》えに出てくる「ていたい」と「ぐしゅん」は、『木賊《とくさ》』に見られる孝子の対句、「ていたい」――鄭太尉《ていたいい》と「虞舜」の組み合わせ）あるいは独自につくりだされたふしぎな存在（巻之七の利信と妹たちとの会話に出て来る、多数の目の玉を自在にあやつる「吠友《べいゆう》」）が、物語の本筋とは少し離れた部分にところどころ組み込まれていることなども指摘できる。このあたりは、《変化物語》の発生あるいは成長過程に関して、今後深めてゆく上でも資料や時代の方向から、手がかりにすることのできる部分なのではないかと考えている。

まだ確認点数は少ないものの、《変化物語》は現段階でも既に複数の資料が残されており、徳川時代前期に成立過程を見ることのできる作品であるにもかかわらず、『大石兵六物語』（またその追従である『大石兵六夢物語』）あるいは『稲生物怪録』のように一九八〇年代以後の書籍や展示で知名度の大きい席を占めるようなことはまだ多くない。

しかし、本稿執筆中に刊行された『列伝体妖怪学前史』（二〇二一年）や『日本怪異妖怪事典 近畿』（二〇二二年）では、二〇一九年に吾曹が『大佐用』に執筆した《変化物語》の紹介連載を受けるかたちで、原文に沿った一つ目入道の持ち物についての言及や、《変化物語》全体のおおまかなストーリー紹介も掲載された。また、二〇二三年に日本妖怪博物館（三次《みよし》もののけミュージアム）の春の企画展「ニッポン妖怪の旅」では『変化物語』が『稲生物怪録』『大石兵六物語』と並ぶ妖怪物語の作品としてクローズアップされてもいる。国文学・江戸美術の方面以外からの正当な位置づけ理解を含め、今後も「こういった作品が存在する」、「いろいろな妖怪も登場している」という基本的な認識が、じょじょに一般に拡大してゆけば、《変化物語》作品群の魅力株の持つのびしろは、まだまだ非常に大きいと断言できる。

〈参考文献〉

『丹後変化物語』（国立国会図書館 所蔵）
『ボストン美術館肉筆浮世絵』第一巻、講談社、二〇〇〇年。絵巻全巻の写真図版は単色

辻惟雄「研究資料　丹後変化物語（国会図書館本）」（『国華』一二八〇号、二〇〇二年）

諏訪春雄「「変化物語」の形成と展開」（『国華』一二八〇号、二〇〇二年）

西島孜哉「武庫川女子大学蔵『変化物語』―翻刻と解題―」（『鳴尾説林』六号、一九九八年）

江馬務『日本妖怪変化史』中外出版、一九二三年。

江馬務『日本妖怪変化史』中央公論社、一九七六年。

湯本豪一『今昔妖怪大鑑』パイインターナショナル、二〇一三年。

湯本豪一『古今妖怪纍纍』パイインターナショナル、二〇一七年。

『舞鶴市史』史料編、舞鶴市、一九七三年。

『舞鶴市史』通史編 上、舞鶴市、一九九三年。

杉本好伸『稲生物怪録絵巻集成』国書刊行会、二〇〇四年。

鈴木重三・木村八重子・中野三敏・肥田晧三 編『近世子どもの絵本集』江戸篇・上方篇、岩波書店、一九八五年。

酒井憲二「翻刻『童子教注』」（『調布日本文化』九号）一九九九年。

平泉澄『中世に於ける精神生活』至文堂、一九二六年。

近藤斉『近世以降武家家訓の研究』風間書房、一九七五年。

佐藤仁訳『朱子学の基本用語 北渓字義訳解』研文出版、一九九六年。

徳田進『孝子説話集の研究』第一巻、井上書房、一九六三年。

二木謙一『中世武家の作法』吉川弘文館、一九九九年。

主婦の友社編『定本日本料理 様式』主婦の友社、一九七七年。

吉田光邦・瀬底恒『NAORAI Communion of the Table』Mazda Motor Corporation、一九八九年。

南里空海『神饌　神様の食事から食の原点を見つめる』世界文化社、二〇一一年。

宮内庁 監修『宮中　季節のお料理』扶桑社、二〇一九年。

氷厘亭氷泉「丹後国変化物語の狐と妖怪」（妖怪仝友会『大佐用』一六九～一七九号、二〇一九年。紙版では、『大佐用 合冊版3 大の巻』、二〇二二年に収録）

御田鍬・木下昌美『日本怪異妖怪事典 近畿』笠間書院、二〇二二年。京都府の章に「田辺の狐」として立項。

伊藤慎吾・氷厘亭氷泉 編『列伝体 妖怪学前史』勉誠出版、二〇二一年。永島大輝「江馬務」の項に一つ目入道についてを紹介。

〈コラム1〉

丹後地方に伝わる化物屋敷

江藤 学

本書第一章で紹介した『丹後変化物語』の舞台となった丹後田辺藩は丹後加佐郡全域を藩域とし、現京都府舞鶴市および宮津市由良、福知山市大江町に相当する。城下町田辺は舞鶴市にあたり、田辺城址、愛宕山、朝代神社が現存する。

また丹後地方は家屋にまつわる怪異妖怪話が幾つか記録されており、例えば中郡（京丹後市峰山町）には、夜毎酒瓶が宙に浮き、徳利が踊り出す料理屋の話がある。

ここでは江戸時代に丹後加佐郡（舞鶴市）及び竹野郡（京丹後市網野町）で起きたとされる化物屋敷伝説を二編紹介する。

武家屋敷《ぶけやしき》の怪《かい》

享保十二年（一七二七）九月六日、田辺城下（現・舞鶴市南田辺）を焼き尽くす大火事が起こったが、この火事の前年に不思議なことがあった。

享保十一年（一七二六）の春頃から、朝野五右衛門という侍の屋敷の台所で、夜になると火打石を打つような音が聞こえるようになった。狐などの仕業かと五右衛門が台所を確認すると、白衣[*1]が火打石を打っていた。近寄って斬りつけようとしたところ、白衣は鳥のように庭へ飛び去ったという。

また、古河甚右衛門という侍の屋敷では、同年の初夏の頃から三、四十人程の人が三味線、笛、鼓、太鼓などを鳴らし、小声で踊るような音が聞こえることがあった。

だがこの時、甚右衛門一家は京都に移り住んでおり、屋敷の門は閉じられていたという。

＊1 白衣 原文では「白衣にて火を打ちおる」とし

158

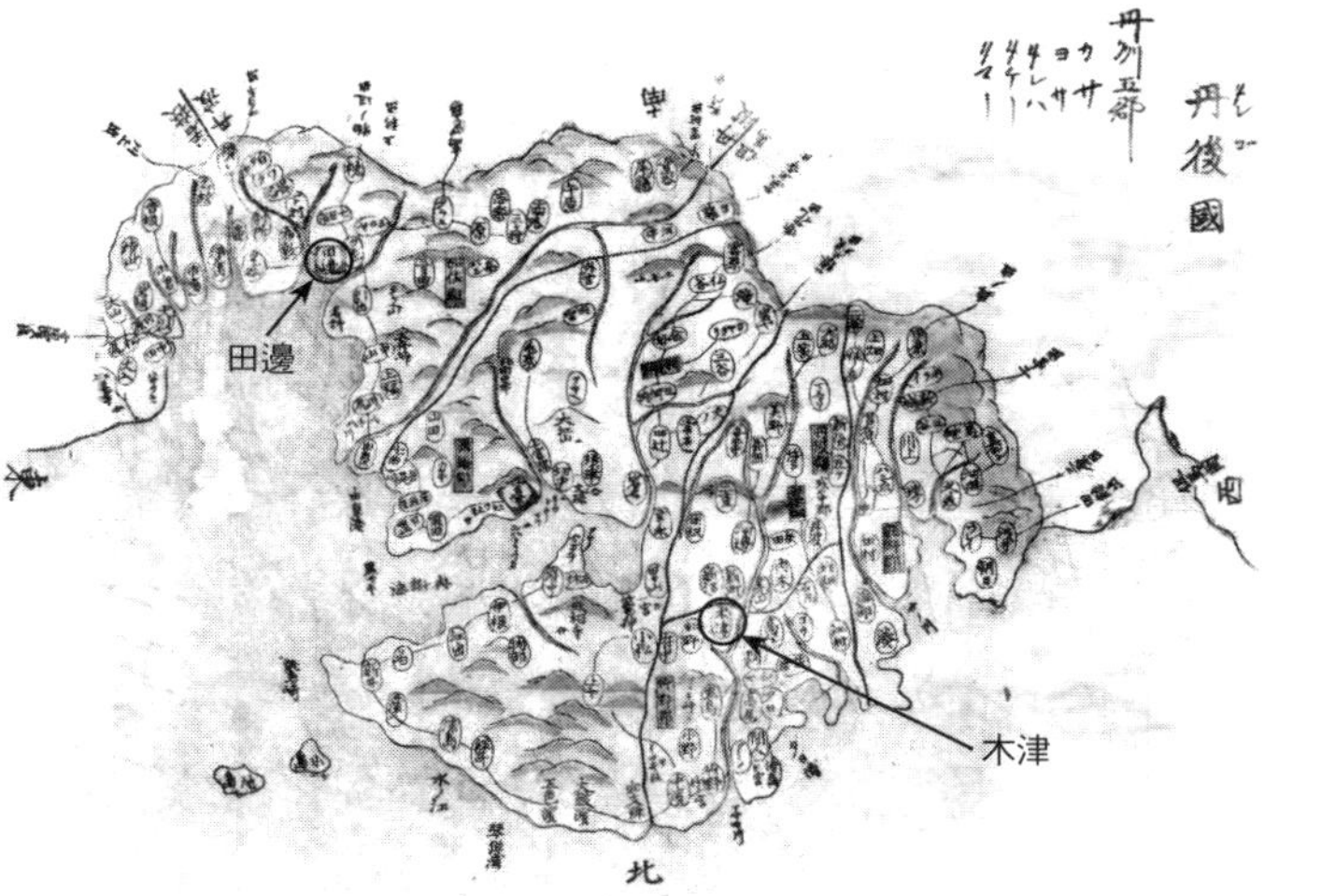

図コラム１　丹後國古地図

か書かれていないため正体は不明。白衣を纏った狐狸妖怪の類か。

〈参考文献〉

杉本嘉美（編）『年表式改編 滝洞歴世誌』（自費出版）、一九七六年

『滝洞歴世誌』は滝ヶ宇呂（舞鶴市）の田村家が寛永十二年から明治三十六年（一六三五～一九〇三）に丹後加佐郡で起こった事件を日誌風に記録した文書。『年表式改編 滝洞歴世誌』はこの文書を底本に翻刻、年表形式に改編したもの。

草木《くさき》庵《あん》の怪《かい》

木津庄草木村（現・京丹後市網野町木津）という所に小さな庵があり、二人の老尼が住んでいた。だが安永元年（一七七二）頃から、この庵で怪異が起こり始めた。

行燈や煙草盆が踊り歩く、軽めの道具が宙を舞う、固く蓋をして保存していた食料の中身だけが無

くなるなど、様々な怪異が続いた。

尼たちはこのことを隠していたが、怪異は次第に激しさを増していき、近くの村に噂が広まったことで遂に役人の知るところとなった。

役人は吏卒（下級役人）を派遣して確認させたが、その時は何も起こらなかった。だが吏卒が帰ると、再び怪異が起こり始めた。

そのため、役人の命により庵は打ち壊されてしまった。それ以来、怪異は収まったという。

その後、二人の老尼は庄屋の敷地のそばに家を建て、そこに住むようになった。

だが安永八年（一七七九）の春頃から、老尼の住む家の前の通りで再び怪異が起こるようになった。

ある時、空から紙切れが降ってきた。紙には手跡がつき、文字のようなものが書かれていた。

それを見た村人が紙と筆を仏壇に置いたところ、翌朝、紙には位牌のような絵、そして戒名と生年月日が書かれていた。

文字はほとんど読み取れなかったが、かろうじて「九月十三日」という文字だけ判読できた。それを元に寺の過去帳や古い墓などを調べてみると、施主すら知らない戒名が帳簿と墓の両所で見つかった。それは七、八十年も昔の年号で「九月十三日」と記されていた。

これらの戒名を二枚の紙に書いて仏壇に供え置くと、その夜の内に一枚の紙はずたずたに引き裂かれ、もう一枚には「せがきを頼む」と書かれていた。

早速村人たちは僧侶を呼び、施餓鬼を修して懇ろに弔った。

すると数日後、空から声が響き「追善供養の功力によって成仏することができる。今後怪異が起こっても、それは私ではなく狐狸の仕業である」と言った。

その後、怪異はぱったりと止んだという。


〈参考文献〉

木下幸吉（編）『丹後郷土史料集 第一輯 丹哥府志』龍燈社出版部、一九三八年

第二章　化物屋敷のウチとソト

――『丹後変化物語』と『稲生物怪録』

今井秀和

はじめに

事故物件をめぐる幽霊譚や、賃貸物件ですれ違う身近な他人の怖さを眼目とした、いわゆるヒトコワ系の怪談などなど――。現代日本における建物怪談には「人間」にまつわるものが多い。もちろん幽霊は人間そのものではないが、死んだ人間の成れの果てである以上、それもまた人間の匂いを色濃く染み付かせた何かではある。

ただし前近代に目を向ければ、建物に怪を為すものとしては死者の怨念以外にも、正体不明の化物（妖怪）や、狐狸《こり》および猫などの動物妖怪が多く見受けられる。本来は人が住むために建てられた屋敷の中に、幽霊あるいは妖怪変化の類が跳梁跋扈し、奇妙な出来事が発生する。これが江戸期における、いわゆる「化物屋敷」の基本構造である。

江戸期には、民家から武家屋敷、そして名だたる城郭から各地の遊郭に至るまで、人が住んでいる建物の中に、いつの間にやらハタ迷惑な同居人（？）が存在していた、という怖い話が多くある。これらの物語を無作為に拾い出して並べてみると、必ずしも同じパターンの話ばかり、というわけでもないことに気付かされる。

たとえば、今まであまり知られてこなかった化物屋敷譚である『丹後変化物語《たんごへんげものがたり》』には狐をはじめとした動物妖怪や、それらが変化したとおぼしき一つ目入道などが登場して、家主である人間を惑わせる。一方、妖怪好きには知名度の高い『稲生物怪録《いのうもののけろく》』類の絵巻や写本などには、「人間」のイメージを宿した奇妙な妖怪――大きな顔から一本の手が生えただけの女とか、頭が割れて中からたくさんの赤子が出てくる大きな赤子などなど――が出てくる。

メジャーな化物屋敷譚である『稲生物怪録』類と、マイナーな化物屋敷譚である『丹後変化物語』の両者には、ある共通点が存在する。武家の屋敷に様々な妖怪があらわれ、最後には武士の胆力に負けて屋敷を立ち去るという点である。これは、中世の絵巻（たとえば『酒呑童子絵巻』）以来の、武士による妖怪退治の系譜に位置するものとして捉えることが可能だ。

しかし、動物ベースのイメージを宿したものが多いか、それとも人間ベースのものが多いかなど、両書に登場する妖怪たちの特徴には異なる点も多い。そこで本章では『丹後変化物語』に記された怪異の一部を紹介しつつ、『稲生物怪録』との比較を通じて、江戸期における「化物屋敷」譚の特徴について考えてみたい。

一、『丹後変化物語』の概要

それではまず、『丹後変化物語』の内容の一部を確認していくが、とりあげるのは、あくまでもその魅力の一端に過ぎない。同書にはここで触れる以外にも考察に値すべき点が多々あるため、全体像については本書第一章第二節の「『丹後変化物語』と《変化物語》について」（氷厘亭氷泉）をじっくりと読んで頂きたい。

さて、『丹後変化物語』の序文に相当する巻之一では、丹後国の田辺の城下町の北に位置する武家屋敷を舞台に物語が始まる。そこに住む川瀬伊織なる武士が、夕暮れになるたび書院で奇妙なものを目撃することになるのである。それは、赤前垂を着け、頭には赤手拭を乗せた見知らぬ美女たちの踊りであった。ただしその姿は伊織にしか見えなかった。そのため家臣たちには、伊織が精神に異常をきたしたものと捉えられてしまう。この時点で、それ以外の怪異は発生していなかったものの、やがて伊織は病に倒れ、武家である川瀬家は断絶することとなった。

その後、この屋敷に越してきて新たな主人となったのが、武士の津田伊予という人物である。やがて伊予は次男を連れて関東に下り、屋敷の管理は総領である長男の藤十郎（利信）に任された。続く巻之二では、正月料理の準備に忙しい大晦日のこと、津田屋敷の台所に人の腿だけが落ちていたという不気味な事態が発生する。その後、利信が病になって療養のために都へ移ったり、台所に火柱が立って火事が起きたりと、よくないことが重なる。

利信の祖母は信心深く、屋敷の材木蔵に棲みついた狐の親子を可愛がっていた。利信を都に送るための出発祝いの宴で調子に乗った家臣たちは、利信の祖母には「恐ろしい赤猫を退治するために猫また狩りを行ないます」と嘘をつき、狐狩りを行なった。これを知った祖母は大いに怒り、氏神に神楽を奉納して家中の無事を祈った。その後、二羽の鳶が屋敷の中を飛び回ることがあったが、託宣によると、これは愛宕山太郎坊という天狗が遣わしたものであった。

このの ち、巨大な一つ目入道が屋敷の内部に出てきて暴れまわっては侍女たちを脅かす、一つ目入道が屋根の上に現れては笑いながら大岩を投げつけてくる、法具が勝手に宙に浮かび上って僧侶の祈祷を妨害する、剣と縄を持った大山伏が出現する、蜘蛛が大蟹になる、犬が馬になる、猫が犬の声で吠える、鼠が牛になる、大釜が宙に浮かぶ……などの怪異が続発する。都から戻った利信は狐狩りを計画し、丹後国の各地から猟犬を集めてきた。しかし有能なはずの猟犬たちは屋敷の縁の下に入ることをしぶる。ようやくこれを押し込むと、代わりに飛び出してきた二匹の狐を鉄炮で退治するのであった。

退治できたのは二匹の狐だけであり、その後もたびたび謎の大音や怪音が響き渡ったり、一つ目入道が現れたり、利信の妹たちが大きな鬼につかまれたり……といった怪異は止むことがない。さらに、狐たちは繰り返し、まやかしの霊験を見せては信心深い屋敷の女性たちがこれに心を奪われていくようになってしまう。その後も、女性たちの信仰心を利用した狐たちによるまやかしの霊験や託宣は続くが、利信は女中に化けた狐を斬り伏せた上で竹を使って串刺しにする。そして、十日の内に立ち去らなければ皆殺しにすると告げると、神仏のふりをしたまま狐たちは屋敷の女性に別れを告げ、津田屋敷から去ったのだった。

二、『丹後変化物語』を読む

すでに述べた通り、これまで紹介した内容のほかにも『丹後変化物語』には様々な怪異が出現しているが、ここではひとまず、以上のエピソードに焦点を絞って分析の手を進めていくこととしたい。巻之一に置かれた、川瀬伊織の屋敷にあらわれた踊る美女たちの話は至ってシンプルなものであった。しかし、伊織の見た踊る美女たちが、他者と共有不可能な、きわめて個人的な幻影であるかのように記されている点は無視できない。

それが、やがて同じ建物に住むことになる伊織とは無関係な津田家の人々によって共有される「怪異」に繋がっていくわけで、あらためて考えてみれば不気味である。住人が変わっても怪異が継続するのは、その主な原因たる狐が、すでに屋敷に巣食っていたからにほかならない。結末まで通読してから冒頭に立ち返ったとき、はじめて優れた効果を発揮する部分でもある。

また、美女たちが被っていたという赤手拭にも着目しておく必要がある。これはその名のとおり赤く染められた手拭であり、本来は女性が使うものだが、祭りの時には男性が用いることもある。祭礼行事にまつわる、どこか神聖さを帯びたアイテムでもあったようで、大阪市浪速区には紅染めの手拭いを献上したことに由来するという赤手拭稲荷神社が現存する。

図 2-1　長壁（おさかべ）
鳥山石燕（画）『今昔画図続百鬼 巻之上 雨』より

　また、江戸期の妖怪画集である鳥山石燕『今昔画図続百鬼』には、姫路城の天守に棲む長壁（刑部）姫という妖怪を描いた「長壁」の図があり、その詞書には「姫路におさかべ赤手拭」という俗謡は子どもでも知っているものだ、といった内容が記されている。化物屋敷と呼ぶにはスケールが大きすぎるが、姫路城は天守の一画を割いて謎多き神「長壁」を祀り続ける巨大建築でもあった。なお、姫路城のある姫山には長壁神社が鎮座しており、本来の長壁は当地を守る地主神であった。江戸期に入ると、なぜかそれが次第に妖怪化を進めていくことになる。姫路城の長壁は女性の姿で伝わるほか、その正体が長壁狐なる野狐のボスであるという話も有名だった。

　頭に手拭いを被って踊る妖怪といえば、化け猫や猫又の類が真っ先に想起される。また、『丹後変化物語』巻之二における狐狩りのエピソードにおいて、恐ろしい「赤猫」を退治するための猫また狩りを行なうという嘘をつく場面があったように、江戸期において赤猫は化けるものだと考えられていた。しかし、浪速の赤手拭稲荷や、姫路における長壁狐と赤手拭との繋がりなどを考え合わせると、川瀬伊織の屋敷に出没したという美女たちの正体も狐であったように思われるのである。『丹後変化物語』に記される、津田屋敷に生じたという怪異の全体像を眺めたとき、とくに狐にまつわる話が多いこともその可能性を高めている。

屋敷の住人が津田家に代わったのち、大晦日の台所に人間の腿が落ちていたという話も気味が悪い。その不気味な雰囲気は、屋敷の者たちが特にその原因を追究しようとせず、腿を屋敷の外に棄てて済ませようとするところに起因しているはずだ。仮に、実際にそうした状況が生じたとして、現代であれば猟奇殺人事件の現場という解釈が為されるであろう。しかし前近代の説話においては必ずしもそうではなかった。

たとえば平安時代末期に記された『今昔物語集』などには次のような話が記録される。夜半、内裏の松林を若い女性たちが歩いていたところ、そのうちの一人が見目のよい男に声をかけられた。残りの女性たちは気を利かせて少し先で待っているが、声をかけられた娘は一向にやってこない。しびれをきらして元の場所に戻ると、娘の手足だけが散乱していた。騒ぎを聞きつけてやってきた男たちはその様子を見て、鬼が若い男に化けて娘を食ったのだろうと結論付けた、という話である。

この話は中世の『古今著聞集』など、複数の説話集や歴史書にも記録される。細部は異なるものの、娘の遺骸が一部だけ残されていたこと、若い男の正体が鬼とされる点はおおよそ共通する。平安期にあっては鬼の姿は一定せず、多種多様な恐ろし気な姿をしていたり、あるいは人間に変身したりするものと考えられていた。さらにそれは、人を食うなどして害するものでもあった。そのため、人体の一部だけが残されているという異様な「現場」の「証拠」から、鬼が「犯人」だと結論付けられたのである。

一方、『丹後変化物語』にあっては、犯人として「鬼」が想定されていない。それどころか、犯人探しすら行なわれた形跡がない。そこからは、同様の構図を持つ怪異譚であっても、時代によって語られ方が異なる様相を窺い知ることができる。繰り返しになるが、『丹後変化物語』が持つ不気味な雰囲気は、理由ははっきりしないものの、屋敷の者がその原因を特定しようとしなかった――という部分に凝縮されている。

もしかすると、この時点ですでに幾つもの奇怪な出来事が重なっており、住人の一部は怪異に慣れ始めていたのかもしれない。そうなると津田屋敷の住人もまた、日常的な感覚を麻痺させた、半ばあちら側の存在ということになってこよう。そしてまた、打ち捨てられた人体のパーツから「鬼」を想起しなかったという点において、このエピソードはきわめて江戸時代的でもある。『丹後変化物語』には、狐が化けたらしき大鬼なども出てくるが、端的に言って、江戸期の人里、とくに都市部には純然たる「鬼」が出現しづらいのである。

それでは、江戸期には鬼がいなかったのかと言えば、否である。江戸期には、なんらかの要因で人間が「鬼」となり、死体や、生きている人を襲ったなどという風聞が数多く記録されている。そこで言う鬼が、比喩的な意味を含むのか、それとも実際に人ならざる者への変身が想定されていたのかについては即断が難しいものの、言語表現としては、人の道を外れた人が「鬼」になることは日常茶飯事なのであった。(1) しかしながら、人間が変じたものではなく、狐が変化したものでもない、まじりっけなしのネイティブ(?)な「鬼」が街を襲ったという話は、江戸期にあってはすでにリアリティの確保が難しかったのだろうと思われる。

そのほかの点にも着目してみよう。僧侶が祈祷を行なおうとすると法具がひとりでに宙に浮いてしまったり、大釜が宙に浮かんだり、屋敷内でたびたび謎の大音が響いたりといった、西洋で言うところのポルターガイスト(騒霊)にも似た「現象」は、江戸期の化物屋敷譚には数多くみられるところである。気になるのは一つ目入道がやたらに出没することだが、これについては同書の中で、前半で目を傷つけられた狐が化けたものなのではないかという考察が展開されている。いずれにせよ、多種多様な怪異が語られつつも、それらを引き起こしている元凶が狐である、という点は確かなようである。

本書の大きな特徴は、当たり前ではあるが、まずは「屋敷」すなわち人の住む建物が主たる怪異の現場だという点にある。そして、それは長屋でも城郭でもなく、武家の屋敷である。したがって、そこに住む武士の胆力によって、最終的には怪異が克服されることになる。次に、狐すなわち動物妖怪が重要な役割を帯びているという点も重要である。これも、ありふれているようで、重要なポイントとなってくる。変化物語というタイトルは、屋敷に住む人間たちを悩ませる様々な怪異の正体が、変化の力を宿した狐狸の類であったことを示しているのである。

三、『稲生物怪録』の怪異

屋敷を舞台とし、そこで次々に怪異が発生したという同時代的な噂話（民俗学で言うところの「世間話」）の記録は数多い。中でも特に有名なのが、一般的には『稲生物怪録』という名称で知られている物語である。この物語は、写本や絵巻などの様々なバージョンで記録されている。それらの細部にはいろいろと違いがあり、タイトルも異なるものの、以下においては便宜上、〈稲生物怪録〉を総称としておく。

〈稲生物怪録〉は、『丹後変化物語』と同様に、実際にあったこととして記録されたものである。〈稲生物怪録〉諸本の詳細な検討を続ける杉本好伸は、諸本間での差異が一般に認識されている以上に多いことを指摘し、次のように整理している。

最大公約数的に述べれば、江戸中期の寛延二年（一七四九）、備後の三次に住む十六歳の少年稲生平太郎のもとに、魔王が現れ、七月の一ヵ月にわたって驚かしにかかるものの、少年は耐え通した――ということぐらいしか言えない。肝心の魔王の現れる理由なども、同じではないのである。(2)

〈稲生物怪録〉は、幽冥界の探求をライフワークのひとつとしていた国学者の平田篤胤が強い興味を抱いていたことでも知られる。篤胤は、仙境に棲む天狗のもとで修行したという天狗小僧寅吉や、前世の記憶を持つという生まれ変わりの勝五郎といった少年たちにも並々ならぬ関心を持ち、寅吉と勝五郎に関しては、一時期、自らの弟子ともしていた。

平太郎、寅吉、勝五郎らが、それぞれ怪異を体験したときに幼年～少年と呼ぶべき年頃の男子であったことは非常に興味深く、また『丹後変化物語』の語り出しが、かつて津田屋敷で発生した「狐の変化」のありさまを十二歳から十三歳にかけて直接見聞したという同屋敷の者によってしたためられていることも、併せて覚えておきたいところである。

さて、前出の杉本は先の文章に続けて、この物語にまつわる諸本を分類しているので、簡略化して以下に紹介したい。まず、文章を中心にしたものとしては、次の三種類があるという。

①「聞き書き」形式のもの
同僚の柏正甫が稲生武太夫（平太郎の成人後の名）から直接聞いた話をまとめたという形式の三人称作品で、一般に「柏本」と呼ぶ。

②「本人の体験談」形式のもの
武太夫本人が書いたとされる一人称作品で、本作のみ他と大きく異なる呼称をもつ。『三次実録物語』。

③右①②の内容を中心に平田篤胤およびその門人らが校合整理し、出版を目的に清書したもの

『平田篤胤全集』所収作品で、一般に「平田本」と呼び、これには挿絵も備わる。

杉本はほかに、絵を中心にしたものを以下の二種類に分類している。①「絵本」形態のものと、②「絵巻」形態のものである。本稿では深入りできないが、杉本による詳細な諸本研究の成果は、影印や翻刻と併せて、ここで引いた『稲生物怪録絵巻集成』のほか、『吉祥院本『稲生物怪録』怪異譚の深層への廻廊』にもまとめられているので、興味のある向きはぜひとも参照されたい。(3)

また杉本は、〈稲生物怪録〉諸本の分類のうち①「聞き書き」形式のものに含まれる、いわゆる「柏本」を読み込んでいる際に、「蘇民将来」型の伝承におけるスサノオや牛頭天王などの行疫神と、〈稲生物怪録〉においてラスボス的な存在として配置されている魔王「山本《さんもと》五郎左衛門」との共通点に気付いたという。(4)これらの行疫神は人間に一夜の宿を乞うと、断った者の一族には流行病をもたらし、泊めてくれた者（蘇民将来など）の一族には流行病除けの方法を授けてくれるのである。

現代におけるインターネット上での掲示板などでは、「妖怪」好きな人々が集まると、たびたび「最強の妖怪は何か⁉」といったテーマでのやりとりを繰り返している。そうした議論の中では、酒呑童子や九尾の狐といった、個別の説話・伝承の中で強い力を発揮していたもののほか、近代に入ってから「妖怪の総大将」と言われるようになった「ぬらりひょん」、そして〈稲生物怪録〉のラストに登場する、化物たちの親玉「山本五郎左衛門」などが取り沙汰される。

無粋《マジレス》なものいいをすれば、格闘ゲームやバトル漫画とは異なり、在地伝承における数多の妖怪たちの多くは、別に力の強いものや、特殊な能力を宿したものばかりではない。それに、もとより妖怪どうしをめぐる伝承は別個のものであるから、基本的には交わることがない。要するに、妖怪に持たされた役割から考えても、それと出くわすのはあくまで人間なのである。黄表紙など物語仕立ての創作を別とすれば、土地柄から言っても役割から言っても、一つ目小僧と濡女《ぬれおんな》とが出会うことはない。

そうなると逆に気になってくるのが、山本五郎左衛門のような、屋敷を騒がせた妖怪たちの「親玉」的な妖怪キャラクターが、前近代においてどのように発想されたのだろうか、という点である。近現代の文化の中で「妖怪の総大将」という性格を付与された「ぬらりひょん」は横に置くとして、日本の妖怪文化における山本五郎左衛門の立ち位置はかなり特殊なものである。

しかしこれも、そのキャラクター設定の一端が疫神信仰に由来するものだと考えれば納得がいく。そうした意味で、杉本による、〈稲生物怪録〉と行疫神にまつわる信仰・伝承との影響関係をめぐる指摘は重要なのである。山本五郎左衛門それ自体は、疫神としての性格を与えられたキャラクターではないが、屋敷の外部からやって来て、人間にとって「よくないこと」である様々な怪現象を引き起こした張本人ということになっている。つまり、敢えて単純化して言い換えてみれば、〈稲生物怪録〉を、疫神の来訪譚から「疫病」を除いて「怪異」を代入した物語としても解釈できるわけである。

幕末の江戸における感染症の流行状況と、それに伴う流言蜚語の横行について記した書物である『安政頃痢《あんせいころり》流行記《りゅうこうき》』には、明治を間近に控えた頃の高田馬場に「厄神の王」や「邪神王」と名乗る疫病神が現れたという噂話が載せられている。[5] わざわざ王を名乗る妖怪は稀有だが、疫神に関して言えば、その古い例が神や王を名乗っていたことに由来するのが明らかである。

『丹後変化物語』の場合、「午頭天王」や「厄神の王」、「山本五郎左衛門」などに代わるような重要な存在は登場しない。強いて言えば、一つ目の入道（物語中では、人間に傷つけられて一つ目になった可能性が示唆されている）が、最も「キャラの立った」存在ではあるが、牛頭天王や山本五郎左衛門ほどの重要な役割を帯びているわけではない。

『丹後変化物語』での怪異の正体は狐、つまりは動物妖怪である。コミュニケーションが不可能な存在ではないが、直接、人間との交渉の場に現れることはない。一方の〈稲生物怪録〉では、魔王が少年に根負けして、屋敷を立ち去ることになる。当然、魔王は人間ではないものの、固有の名前を有しており、人間に似た姿で、会話による意思疎通が可能な存在なのである。そこに、『丹後変化物語』と〈稲生物怪録〉との間に存在するクレバスがあるように思われる。

ところで、屋敷や、それを包括する村などの共同体の外部からやってきて疫病をもたらすのは、人間に似た姿を持つ疫神たちばかりではなかった。動物妖怪もまた、外部から疫病を持ち込んでくる厄介な「怪異」として認識されることが多かったのである。

武家屋敷を舞台とした化け猫騒動（本書第四章を参照）の場合には、屋敷内部で飼われていた飼い猫が主のために怪異を発生させるわけだが、これは屋敷の内部に住むことを許された動物であり、やはり、ウチから発生した怪異だと言える。

こうした、屋敷の内部から怪異が発生する話に対して、明らかにソトから屋敷に侵入したものが怪異を為すパターンの物語も多くある。たとえば狐や狸に代表される獣が屋敷の内部に入って怪異を為す話の場合は、猫と同じ獣ではあっても、ソトから人間の生活圏内へと忍び込んできた動物妖怪ということになる。また、江戸後期にコロリとも呼ばれた疫病「コレラ」が流行した際には、「狐狼狸」や「コレラ獣」などと呼ばれる、コロリの原因とされる獣の話が巷を騒がせたが、これも、外部からいつの間にか侵入してくる流行り病に具体的なイメージが与えられたものであった[6]。

以上においては、屋敷の外部から、そこに住む人間にとって「よくないもの」がやってくるという共通点に着目した上で、『丹後変化物語』と〈稲生物怪録〉を比較してきた。続いては、屋敷の外部から動物妖怪がやってくるという点にフォーカスして、九州のとある村を騒がせた化物騒動をとりあげてみたい。

四、本木村の化物騒動

〈稲生物怪録〉や『丹後変化物語』などの、いわゆる「化物屋敷」譚からは逸れるものの、人間が生活を営むテリトリーの外部から、突如、侵入者がやってくるという看過しがたい共通点を持っているのが、本木村を襲った化物をめぐる騒動である。

これは延宝八年(一六八〇)から貞享元年(一六八四)にかけて、筑前国宗像郡本木村(現在の福岡県福津市)で起こったという化物騒動であった。元禄十六年(一七〇三)、貝原益軒『筑前国続風土記』もこの騒動を記録するほか、様々な書物がこれを扱っており、いわば「事件」めいた出来事であったようだ。
なお本木村の化物騒動は、江戸期には現実味を帯びた騒動として広く人口に膾炙していた。近代以降も、かつて「実話」として世間を騒がせた興味深い物語として、妖怪好きなど一部の人々に知られてきた。しかし本稿執筆時にたまたま本木村に縁の深い知人から聞いたところによれば、地元の人であっても若い世代にはこの奇妙な物語を知らない人が少なくないようだ。そこで、簡単にこの「事件」の要点を整理しておきたい。

端的に言えば、ある時期を境として、数多くの化物が本木村を次々に襲ったという話なのだが、具体的な「被害」としては、まず、村に住んでいる男たちに化けた動物妖怪が村の女たちをたぶらかし、妊娠させるなどしたという。なお、妊娠した女は異形の赤子を産んだあと、母子ともに息絶えてしまった。あるいは、すでに述べたように江戸期の化物屋敷騒動にはつきものである異常な物音や、勝手に道具類が動くなどの、いわゆるポルターガイストのような現象が起きたともいう。

やがて福岡藩士が助っ人として化物へ挑むものの、なかなか成功しない。そこに、福岡藩三代藩主である黒田光之が二匹の犬を遣わす。すると、この犬のはたらきによって化物の大将が退治された、というのが騒動の顛末である。

『筑前国宗像郡本木村化物次第書』には、退治された化物の頭蓋骨がスケッチされているが、これが四足歩行する獣の頭骨であろうことは一目瞭然である。本木村の化物騒動は多くの記録に残されているが、中でも『筑前国宗像郡本木村化物退治図絵』は、着色された三四の絵で構成されており、主として、描き込まれた登場人物の台詞に沿って物語が進んでいく。[7] そして化物の大将は、猛った老狸（老猛狸）として描かれている。

先に確認した『丹後変化物語』では、様々な怪異の元凶と考えられていた狐を退治するため、丹後国の各地から猟犬が集められていた。一方、本木村の化物騒動では福岡藩主の遣わした一匹の犬が、動物妖怪の大将であった老狸をしとめる。怪異の元凶は狐あるいは狸と、異なるものになっているが、ともに犬をもって退治しようとしている点は重要である。狐憑きを落とすのに犬そのものや、山犬／狼の神札を用いることは一般的であって、犬は動物妖怪に対する切り札のような意味を持っていたのである。

図 2-2　『筑前国宗像郡本木村化物退治図絵』冒頭の老猛狸
（福岡市博物館所蔵　画像提供：福岡市博物館 / DNPartcom）

無粋にも現代的な観点から江戸期の資料を見つめた場合、当然のことながら動物妖怪による怪異に信を置くことはできない。しかし、公的なものを含む詳細な資料が数多く残されていることから、多くの人心を惑わせるような、なんらかの騒動が実際にあったものとは考えておいてよいだろう。先にあげた『筑前国宗像郡本木村化物次第書』は、実際に現場の人々に聴取して作られた記録を安政六年（一八五九）に写したものだという。

田中聡は『江戸の妖怪事件簿』において、当時、これらの被害をもたらした原因があくまで「獣」として認識されていたと指摘する。[8] すなわち、本稿を書いている筆者もそうであるように、現代人の多くはこれを「妖怪」的な存在として考えるのであるが、当時の「事件現場」においては、あくまで獣のしわざとして解釈していたということである。要するに当時の「獣」は、ときにこうした奇妙な力で悪事を働き得る可能性を宿したものとして認識されていたのである。

さて、さきほども述べたように、本木村の化物騒動は、いわゆる「化物屋敷」に関するものではなかった。散発的に本木村にやって来た化物たちは、当然ながら家屋の内部でも悪行をはたらくのであるが、とくに屋敷そのものに拘泥することはなく、むしろ「村」そのものを襲っていたと言える。しかしながら、「屋敷」と「村」の違いこそあれ、外部からやってきて、人間が生活するエリアを侵犯するという点では、『丹後変化物語』などの化物屋敷譚にも共通している。

——平穏な生活を送っている人間の生活空間に、突如、得体の知れない何ものかが侵入してくる。これは、いつの時代、どこの場所であっても普遍的な恐怖であると言える。ただし、その「生活を送っている空間」の領域をどう設定するかによって、物語の構造は異なってくる。たとえば地球外生命体が地上の人類に襲い掛かってくるタイプのＳＦ映画の場合は、「地球」そのものが人間にとっての生活空間であり、そこに侵入された時点で外敵との闘いを余儀なくされてしまう。

あるいはゾンビ映画だと多くの場合、主人公たちが日常を送っていた街を突如ゾンビが襲い、襲われた人は次々にゾンビと化していく。その時々に主人公たちが知り得る限られた情報の中で、街→特定のエリア→ショッピングセンター→その中の小部屋、といったふうに、ストーリーが進むごとに「安全地帯」の領域が狭められていくことになる。「籠城」という言葉が端的に示しているように、人間が外部からの脅威を防ごうとする際の、ひとつの単位が城郭や家屋などの建物である。得体の知れない人物に警戒して、それらが侵入できぬように備えるのも建物の役割だし、一転して犯人側の視点に立てば、建物に侵入して人質をとって立て籠もり、警官などの侵入に備えることができるのも建物の機能、ということになる。

本木村の化物騒動を念頭に置きつつ化物屋敷について考えてみると、人間の生活空間には、いくつもの境界線が入れ子構造のようになっていたことが分かる。たとえば日本各地の村々の出入り口に「道切」と呼ばれる魔除けの結界（注連縄にサイコロなどの道具を付けたもの）が設置されていたように、村境もまた、外部からの何者かの侵入を防ぐための防衛ラインなのであった。そうした、幾重にもわたる防衛ラインのうち、目に見える形で存在するのが建物なのであり、分かりやすい単位での「最終防衛ライン」なのであった。したがって、最終防衛ラインの内部に怪異が発現するというのは、可能な限り、避けるべき事態ということになる。

現代の住宅における、きわめて卑近な例を引っ張り出してみよう。恐怖の質は怪談と大きく異なるが、多くの人に嫌われる、小さく黒い、すばしこい害虫。あれを街中で見かけるのと、自宅の中で見つけてしまった場合、さらには寝室に忍び込まれてしまった最悪の事態とでは、不安感はそれぞれ大きく異なるはずだ。それでは、江戸期の怪異譚における「屋敷」とは、一体どのような意味を持っているのだろうか。

五、化物屋敷のウチとソト

橋爪紳也『化物屋敷』は、江戸期における、化物が住む屋敷をめぐる噂話から、近代における娯楽施設としての「お化け屋敷」に至るまでを射程に収めた、「化物屋敷」に関する研究の白眉である。(9)同書は、西洋の化物屋敷イメージにあっては家屋そのものが重要であり、ときにそれ自体が異形の怪物と化すことを示した上で、それに対して日本では建物自体が妖怪化するわけではないことを指摘する。こうした違いには、日本の伝統的な家屋が「木」と「紙」でできた、きわめて脆弱なものであることが関係しているという。建築史を専門とする橋爪は、建築におけるマテリアル（素材）の面から、日本における化物屋敷が、化物が一時的に棲みつく「物件」であったことを明らかにしたのである。

ただし、その「物件」に棲みついた化物たちについては、まだ考えるべき問題が残されてもいる。すなわち、それが建物の外部から侵入してきたものであったのか、あるいは内部から発生したものであったのか、という問題である。

たとえば、屋敷を襲う怪異の原因として、武家屋敷に奉公する女中を設定した物語の一群がある。代表的なのは、「お菊」をめぐる皿屋敷の物語である。江戸期に芝居などで有名になったこの伝承は全国各地に伝わっており、細部に少しずつ違いはあるものの、大筋は次のようなものである。[10] 若い女中のお菊が、奉公先の主人夫婦から責め苛まれて死に、死体を井戸に投げ込まれる。すると夜な夜な井戸から恨めし気な声が聞こえ、主人をはじめとした屋敷の者たちは次々に発狂し、ついには屋敷が滅びる、という話である。

また、皿屋敷に比べればマイナーな怪談の部類に入るが、江戸期の江戸には「池袋の女」をめぐる世間話（噂話）があった。これは、次のようなパターンを持つ話である。まず、特定の屋敷において、ポルターガイスト的な怪現象が相次ぐ。その原因を探ったところ、とある女中が奉公に来てから怪現象が起きていることが分かる。女中に暇を出した途端、怪現象が止んだ。調べてみると、その女中は池袋の出身だった――という話である。江戸においてこうした噂話が広まり、雇用先では池袋の女が敬遠されるようになったという。

これらの物語を、化物屋敷という「住宅」における内部（ウチ）と外部（ソト）という観点から見つめ直してみよう。屋敷の内部から怪異が発生しているのか、それとも、怪異の原因は外部からやって来て、一時的に屋敷の内部へ留まっているにすぎないのか。

ただし、ときに両者の境界線は曖昧でもある。武家屋敷を舞台とする物語の場合、主人の一族はもちろん内部に所属するものだとして、はたして奉公人たちはウチに帰属する存在なのか、それともソトから一時的にやって来た外部的な属性を帯びた存在なのか……。

皿屋敷と池袋の女に関して言えば、どちらも「女中」（当時の呼び名は「下女」）という、屋敷の内部にいる者が怪異の元凶となっている。もちろん、元をたどれば女中も屋敷の外部から奉公に来ているわけだが、その時点では怪異の元凶ではなかった。つまり、屋敷に帰属する存在となってから怪異が発動しているのであり、屋敷のウチから発生したものか、ソトから侵入したものかで言えば、前者に分類すべきだろう。

こうした問題について考えてみれば、『丹後変化物語』と〈稲生物怪録〉はどちらも屋敷外部からの侵入者をめぐるものであった。一方、「屋敷」ではなく「村」全体をめぐる怪異譚であった本木村の化物騒動もまた、怪異の元凶は外部から侵入してきた動物妖怪だった。

江戸期の化物屋敷をめぐる怪談の特徴のひとつは、怪異の原因が「人間」に限定されないところにある。そして、武家の飼い猫が化け猫になるような物語を除けば、動物が屋敷に侵入してくるというのは、それ自体がすでに、怪異の「種」としての意味を持ち合わせていた。このように化物屋敷譚の変遷には、時代や地域によって異なる、人間と動物との距離感が反映してもいるのである。

――さて、以降はまったくの蛇足なのであるが。いったいなんの因果か筆者はこの原稿を、老朽化した実家の解体準備を進めつつ、時間を見つけては書物の散乱した深夜の一室で書き殴っている。時折、屋根裏に侵入した害獣（外来生物であるハクビシン）が壁をこすって奇妙な物音を立てているが、信心の薄い筆者にとってそれは不快なものではあっても、怪異の兆しには成り得ない。本稿で確認してきたごとく、かつて化物屋敷の成立条件には、死んだ人間に対する恐怖に加えて動物への畏怖があった。ひるがえって今、それが跡形もなく消えてしまったことを、去り行くさだめの我が家の天井を見つめながら、ほんの少しだけ残念に思っている。

〈註〉

（1）今井秀和「鬼女のゆくえ—鬼女説話の変容と仏教—」『蓮花寺佛教研究所紀要』第十三号、蓮花寺佛教研究所、二〇二〇年三月。
（2）「解説」杉本好伸編『稲生物怪録絵巻集成』国書刊行会、二〇〇四年、二九三頁。
（3）杉本好伸『吉祥院本『稲生物怪録』　怪異譚の深層への廻廊』三弥井書店、二〇二一年。
（4）「あとがき」杉本好伸編『稲生物怪録絵巻集成』国書刊行会、二〇〇四年、三〇三頁。
（5）今井秀和「コロリ表象と怪異」仮名垣魯文原著、篠原進・門脇大・今井秀和・佐々木聡『安政コロリ流行記——幕末江戸の感染症と流言』白澤社、二〇二一年。
（6）前掲「コロリ表象と怪異」『安政コロリ流行記——幕末江戸の感染症と流言』参照。
（7）『筑前国宗像郡本木村化物次第書』のスケッチや、『筑前国宗像郡本木村化物退治図絵』の内容は、以下の図録でも確認できる。幽霊・妖怪画大全集実行委員会編『幽霊・妖怪画大全集』福岡市博物館、二〇一二年。
（8）田中聡『江戸の妖怪事件簿』集英社（集英社新書）、二〇〇七年。

（9）橋爪紳也『化物屋敷』中央公論社（中公新書）、一九九四年。

（10）皿屋敷をめぐる伝承や文芸作品のバリエーションについては以下を参照されたい。横山泰子・飯倉義之・今井秀和・久留島元・鷲羽大介・広坂朋信『皿屋敷――幽霊お菊と皿と井戸』白澤社、二〇一五年。

〈図出典〉

図2-2　［作品番号］FCM2005B00857000l／［作家名］不詳／［作品名］筑前国宗像郡本木村化物退治図絵／［所蔵先名］福岡市博物館／［クレジット表記］福岡市博物館所蔵　画像提供＝福岡市博物館／DNPartcom

第二章　化物屋敷譚――『曾呂里物語』より

訳・解説＝三浦達尋

家に出る女の話（巻第二「おんねんふかき物の魂まよひありく事」）

会津若松という所に、いよ、という者がいた。彼の家ではいろいろと不思議なことが多数起こった。

まず一日目。

酉の刻（午後六時頃）、彼の大きな家だけが地震のように揺れ動いた。


二日目。

昨日と同じ時刻に、何かは不明だが、家の敷地内に入り込み、裏口の戸を叩いて、

「はつはな、はつはな」

と呼ぶ声がする。主人の女房が聞きつけて叱った。

図3-1　御祓箱を投げつける
『曾呂里物語』（北海道大学附属図書館所蔵）
（出典：国書データベース
https://doi.org/10.20730/100000117）

「汝は何者なれば、夜中に来て、このように呼ばわるのか」

叱られた化物は、右の方あるもう一つの出入口が、たまたま開けたままになっているのを見つけて、そこから入り込もうとしてきた。その姿を見れば、白い肌着に黒い衣を着て、いかにも肌白い女が髪をさばきながら家の中へ入ろうとしている。

女房は、これは只事ではないと思い、御祓箱があったのを取り出して、

「汝はこれが恐ろしくないのか」

といって箱を投げつけると、女はそのまま姿を消した。

三日目。

中の刻（午後四時頃）、昨夜の女が、いつの間にか台所の大竈の前に来て、火を焚いている。

家中の者どもが、

「これはどうしたものか」

と騒ぎ立てると、再び消え失せた。

四日目。

晩のこと、隣家の女房が家の裏に出てゆけば、かの女がいよの屋敷の垣に立って、こちらの家の内をじっと視ている。

隣家の女房は肝をつぶした。

「隣の化物がここにも出た」

というと、化物は、

「汝のところへは行かぬので、騒がずにおれ」

いうなり消えうせた。


五日目。

女は台所の庭にやって来て、打杵でもって庭の地面をとうとうと突いてまわった。

「この上は御念仏事をするよりほかはあるまい」

と、いよはさまざまな祈祷を始めさせた。

真に神明仏陀に納受されたのか、六日目に女は現れなかった。

かの女がいよの屋敷に現れること、総じて五回に及んだのだった。

いよが、

「これ以上はもう何も起きないだろう」

といい終わらぬうちに、

「五回で終わるとは限らぬぞ」

虚空から女の声がした。

その夜のこと、いつものように主人の女房が寝る段になって、蠟燭を立てて置いたのを、かの女が姿を現し、ふっと吹き消した。

女房は肝を消し、気絶した。

七日目。

その夜、かの女は、いよ夫婦の枕元に立って、二人の頭をくっつけた上、夜着の裾をめくって、その冷たい手で足を撫でたので、夫婦は二人とも魂が消えたのみならず、しばらくの間、気が変になったようであったという。

化物屋敷にいってみた（巻第四「御池町のばけ物之事」）

京都は御池町のある者の家に、化物が出るという噂があった。持ち主もその家を他人に貸して、自分は他の家に住んでいた。噂はあるが、確かに化物を見たという人はいなかった。

ここに、ある愚か者が二人、寄り合い、

「例の家に行って、化物が本当にいるのか、いないのか、見届けない手はない」

そういうことで、例の家へ行くことになった。例の家の借家人に、銀細工の職人がいて、毎晩化物に怖れることなく暮らしている。他の借家人もいろいろな身分の者が二三人いるが、化物に何か害されたことはないとのこと。

ある晩、愚か者たちは三人連れで、家主の案内で例の家をこっそりと訪れた。裏にはよく茂った藪があり、噂ではここから化物が出てくるという。そのため、裏の戸は固く戸締りして、さらにたくさんの重しを積んだ。また、いつも化物が打ち鳴らすという、唐臼の上には、俵物、石などを重しとしてたくさん載せ、二十人ぐらいでないと動かせないようにこしらえて、化物を待つことにした。

図 3-2　唐臼を踏む坊主
『曾呂里物語』（北海道大学附属図書館所蔵）
（出典：国書データベース
https://doi.org/10.20730/100000117）

丑の刻（午前二時頃）、裏の戸口か

ら物音がして、ほどなく何者かがやって来た。三人ともはっと気づいて待ち構えたところで、いつものように唐臼が踏み鳴らされた。その夜は、朧月夜であったが、三人とも伏せて、隙間から様子を伺えば、白い着物の坊主の、身の丈七尺ぐらいのが、唐臼を踏んでいる。

坊主が三人の方へくるりと顔を向けると、そこには目も、鼻も、口も無かった。

「どんな化物であろうが、出遭ったら、斬ってやろう、打っちゃってやろう」

日頃はそういっていた三人だが、この時は息を止めて、じっとしていた。それからほどなくして、化物はどこへやら消えてしまった。夜が明けてから見てみれば、裏の戸も唐臼も、昨晩のままの状態であった。

不可解で恐ろしいという他ない。

陸奥国の事故物件（巻第四「おそろしくあひなき事」）

陸奥国に小野寺という山寺があった。

その里に、化物が出るので誰も住み着かない家があった。そんな時、都から下ってきた旅人の男がその里の宿に泊まることにした。宿の亭主は、さまざまにもてなし、四方山話の物語のついでに、化物が出る家の様子をこまごまと語った。

「そのような家を見てきてこそ、故郷への土産話になるのだ。よし、今夜その家に行ってみよう」

旅人はそう言い出して、いろいろいって止めようとする亭主の話も聞かず、その家へ向かった。

夜半ごろ、件の家に到着すると、旅人は奥の間に立てこもり、内側から掛金をかけて、用心しながら、化物の虚実を明らかにしてやろうと待ち構えた。八畳敷の奥の間の裏には、大いに茂った森があった。寅の刻（午前四時頃）と思しきころ、その森の方から稲妻のような光り物が、ちらりと見えた。あっと思った旅人は、腰の刀を抜きかけたまま、待ち構えた。

ややしばらくあって、先ほどと同様に光り物が座敷の内外にはっきりと見える。すると、五丈あまりの身長の、肌の青い、いかにも痩せ衰えた男が妻戸にがっと取り付き、大きく息を吐き吐き、中にいる旅人をじっと見つめている。その恐ろしさはいいようがない。

しかしながら、この旅人も不敵な人物であったので、少しも動じず、

「寄らば斬らん」

太刀を抜き、構えた。

「ここには入口がない、では、台所に回ろう」

外の男はそういって、台所の方へ回ると、二重三重に施錠した戸を易々と蹴破り、奥の間へ入って来た。

「変化の物ならば、斬りつけても仕留めきれないだろう」

化物を目前に旅人は思案し、刀を捨てて走りかかると、ひっしと組みついたのだが、化物に胸をはたと蹴られ、倒れるとそのまま気絶してしまった。

「夕べの旅人はどうなったのだろう」

翌日、在所の人々が件の家へ行ってみれば、気絶している旅人をみつけた。気付けしてやれば、次

第に目を覚まし、息を吹き返すと昨晩の出来事の仔細を語った。台所の戸の二重三重の掛金は壊されても外されてもおらず、昨晩のままの状態であった。その後、件の家にはますます誰も住まなくなったという。

解説

『曾呂里物語』は、作者不明の怪異小説で、序によると、天正の頃（一五七三〜一五九二）、豊臣秀吉に寵愛された「そろり」という雑談の名手（曾呂利新左衛門のこと）が語った、おどろおどろしい話を書き留めたものが、後に散逸したため、著者の手で拾い集め、さらに数話を書き加えたという体になっている。

仏教の教えを広める唱導目的の怪異小説『因果物語』などと比して、世俗的といわれることもある怪異小説であり、また、近世怪異小説の一源流と位置付けられ、延宝五（一六七七）年刊『諸国百物語』など後世の怪異小説、怪異物語に影響を与えたと評される。

寛文三（一六六三）年板の版本のほか、無刊記本、写本および改題本の『目覚物語』が存在しており、本文に用いたのは、花田富二夫他編『假名草子集成　第四十五巻』（東京堂出版、二〇〇九年）に翻刻された寛文三年板の版本である。

現代語訳においては、湯浅佳子「『曾呂里物語』の類話」（『東京学芸大学紀要』東京学芸大学紀要出版委員会、二〇〇九年）の各話梗概を参照した。

〈コラム2〉

仙台の怪異屋敷――『仙台萩』より

鷲羽大介

現在の東北大学の前進である旧制二高は、政財界の大物を多く輩出したエリート養成校だが、日本における超心理学の父たる福来友吉や、『ノストラダムスの大予言』で世紀末の危機感を煽りに煽った五島勉ら、オカルトマニアにとって馴染み深い人物も、二高出身だ。

その二高で長年にわたって教鞭をとり、一九三二年から四三年まで校長を務めたのが、阿刀田令造である。日本ペンクラブ会長を務めた、作家の阿刀田高は令造の甥にあたる。

名取郡下増田村（現在の名取市下増田）村長の子息として生まれ、東京帝国大学と京都帝国大学で西洋史をおさめた阿刀田令造は、在職中に「仙台郷土研究会」を発足させ、郷土史についての著書を多く執筆する。また、古文書の復刻にも取り組み、一九三〇年に復刻した古地誌が『仙台萩』である。

仙台萩、といっても伊達騒動とは特に関係なく、享保八年に成立したとみられるこの古地誌は、仙台という都市の成り立ちにはじまり、各所の地名のいわれや寺社の縁起について記されているが、一章を割いて「化物屋敷のこと」について記録しているのが異色である。以下にその概略を載せる。

1　新坂通台町にて屋敷を拝領し、一人で住んでいた今泉孫八郎のもとに、ここは自分の居所だから去れという法師が現れる。先年より、ここに住むものは自分を粗末にした報いのため、みな久しく住めなかった。梅の木の下に祠があり、それが自分の居所だから、祭日に酒と食べ物を備えると約束すれば去る、と言った。

2　土橋通台町（現代の八幡町から広瀬町周辺）遠藤九郎兵衛の屋敷で、九郎兵衛が折々変わったものを見た。大きな法師が月夜などに路地の前を通るときがあった。

3　二の丸北から西へ向かう通りにある屋敷は、昔、主人が皿を割った下女を手討にして井戸へ投げ込み、今も井戸から皿を数えて泣く声がする。また井戸から火が燃え上るときもあり、そばにある松の樹上に大法師が腰掛けているときもあった。伊達綱村公の時代に、月科和尚をここへ置いた。当時は若林孫左衛門の屋敷だった。

4　北一番丁勾当台、泉田出雲の屋敷を日向殿が訪ねた際、美麗な二十七八の女が花のように装っているのを見た。親類かと聞くと、泉田はいつものことだと答えた。あるときは畑の中に立っていたり、あるときは白装束に散らし髪で井戸の水を汲んでいたりした。出雲の前に本多伊賀が住んでいたときも同じようなことがたびたびあった。また、寂しい雨の夜には、弓のように腰の曲がった老婆が、破れた鉦鼓を首にかけて通り歩いていたが、人に仇なすことはなかった。

5　おはな女の話。万日堂門前の小路に男が立ち、支度はよいか、お花お花、と呼びかける声がする。あるときはその声に応えて、二十七八の美女が華やかに装って細道から出てきて、連れ立ってどこへともなく行くこともある。またあるときは、夜更けに人が通ると、その女が垣の上に立って笑いかけるときもある。

6　堤通東の横丁で、辻番所に十四五の童女が立つ。正徳二年正月二十四日夜、菊田治助が通りかかると、その童女が小盆を持って立っていた。闇夜だが目が光っていた。杖で打とうとしたが、万一、宿守などの娘かもと通り過ぎたらたちまち失せた。

7　堤通東の横丁で、先年より度々目撃された例。夜更けに、火のように赤い顔をした十二三の少年が、小提灯を提げて歩く。横丁の角は菅野新七の屋敷だが、その前に住んでいた富岡十之介が正徳年中七月十五日晩に妻と町へ出かけたかえり、井戸のそばで乱心し妻を斬ったことがあった。今もそこで火が燃えるのを見た者が数人いる。

8　北四番丁堤通から光禅寺にかけて、夜更けに人が通ると暖かい息を吹きかけられる。また得体のしれないものが通るときもある。

9　北七番丁西の横丁から八番丁へ抜ける横丁では、昔から夜中に人の目を俄に見えなくするなど怪異があり、狐といわれている。

10　一番丁から二番丁へ抜ける横丁の裏に大きなサイカチの樹があり、その下で白髪の老婆が道を塞ぐ。

11　東照宮仮宮角の石が化ける。菊田治助が雨の夜更けに通りかかると、松の焼火が撒き散らされていた。帰宅してから不審に思い、熾火があるはずと夜明けに行ってみると何も残っていなかった。また、横丁へわたる小路いっぱいに長さ一丈ばかりの黒いものが現れ、喜兵衛という人が抜打ちに切って翌朝行ってみると、北角の石を三寸ほど切っていた。元禄十七年のことで、今も跡がある。ここではかねてより火が出たり、その火が若い男に変わるのも目撃されていて、狐の仕業だといわれている。

12　三番丁から中島丁へ行く土橋では、昔から山猫が化ける。

13　元寺小路観音堂前に進藤勘四郎という人がいた。義山様（二代藩主伊達忠宗）の代、夜更けに屋敷へ帰ると、杉の木の上から、勘四郎、勘四郎、と名を呼ぶ声がする。見ると白衣に散らし髪の女が、首を二十～三十投げてきた。望むところだとばかりに首を取ろうとしたが、女も首も消え失せた。

14　南町裏塩倉丁（現代の東一番丁近辺）の細目清左衛門邸は、昔は小島藤右衛門の屋敷だった。ある日の暮れ、梅の木の上に、立烏帽子に白直垂の二十歳ばかりの男が現れ、金の扇で二三度招きかけたことがあった。またある日暮れには、杉の木の上から白衣の女が笑いかけた。

15　荒町から真福寺へ下る細道で、近所の若侍が女に行き合い、私は妾です、今夜斬られます、助けてくださいと頼まれる。その夜半すぎ、川辺でわっと悲鳴がして、小座敷前の路地に女の首が飛んできて落ち、恨みごとを言った。
16　支倉町の櫻田安兵衛屋敷裏には穴があり、新十郎という狐がいてその近辺で様々に化けた。

全体的に、どこかで聞いたような話が多く、奥州ならではの特色は見られない。3の話は典型的な皿屋敷譚で、まったくオリジナリティがないし、また、章題では「化物屋敷」といいつつ、半分が屋敷ではなく通りで行き合うタイプの怪異である。

3、7、15の話は、いずれも女が斬られる話で、武家社会らしい非情さを感じさせなくもない。江戸の怪談には町人の話も多いが、「仙台萩」は武家社会の記録なのでこういう話が集められたのであろう。

堤通近辺の話が多いが、阿刀田令造が奉職していた旧制二高の北六番丁校舎が堤通雨宮町に存していたのは奇妙な符合というべきか、それとも江戸時代から城下町の中心部だったため、その近辺に幽霊や妖怪も集まっていたと考えるべきであろうか。

旧制二高の北六番丁校舎は、戦後には東北大学農学部のキャンパスに転用され、ここで研究員を務めていたのが、これまた怪談ファンにとっては馴染み深い、山田野理夫である。やはり怪奇と縁の深い学校だった、と言ってもよいのではなかろうか。

第四章　化け猫屋敷

今井秀和

狐の屋敷、猫の屋敷

フィクションにおける化物屋敷には、狐や猫などの動物妖怪にまつわるものもある。たとえば、お伽草子『狐の草紙』では、僧侶が美女に誘われるまま屋敷を訪れ、戒律を犯してしまう。しかし、そこに青年僧侶の姿をした地蔵菩薩があらわれると、美女に化けていた狐の企みはたちまち暴かれて、幻だった屋敷も消え去る。僧侶が屋敷と思っていたのは、牛馬の骨が散らばる寺の床下なのであった。

また昔話「猫又屋敷」では、猫を探して山中に迷い込んだ女中が、一軒の屋敷を見つけて宿を乞う。そこで出会ったのは、人の姿をしているが顔だけが飼い猫という異形であった。この話で重要なのは、猫又屋敷が「山中」の「屋敷」という、二つのイメージを併せ持っているという点である。化け猫や猫又には、飼い猫と野生化した猫という、二通りのイメージソースがあったのである。(1)

化け猫屋敷と「お家騒動」

江戸期には佐賀藩、久留米藩、岡崎藩の化け猫騒動をめぐる芝居や読み物が人気となった。中でも佐賀鍋島藩の化け猫騒動は、写本として流通していた実録体小説から、芝居や講談、そして昭和の怪猫映画に至るまでの大衆向け文芸において繰り返し扱われ、広く人口に膾炙した。

化け猫騒動を扱うこうした文芸作品では、武家屋敷が怪異の主な舞台となっている。いずれも化け猫とお家騒動を絡めて作られた物語なので、主たる舞台が屋敷になるのは自然な流れだとも言える。在地の伝承が文芸作品の内容に影響を与えたり、逆に、文芸作品の舞台となっていた土地に伝承が根付いたりと、それぞれに興味深い背景があるものの、ここでは深入りしない。

お家騒動の物語に関わる化け猫は、人間に操られるものではないが、自らの飼い主である人間のために霊力を発揮する。そして、武家における「お家」すなわち「家《ファミリー》」は、建物としての「家《ハウス》」と不可分なものであり、それゆえに一族の命運は屋敷のありようとリンクしているのである。

「お家騒動」なき化け猫屋敷

さきほどの、いわゆる「三大化け猫騒動」のお膝元以外にも、化け猫屋敷の物語を擁する土地はあちこちにある。そして、それらは必ずしもお家騒動と関わるものばかりでない。例をあげれば、阿波には「お松大権現」（徳島県阿南市）にまつわる化け猫騒動の伝承がある。庄屋の妻である「お松」の飼い猫が、あるじ夫婦に仇を為した富豪と奉行の家に怪異を為す話である。

また随筆類を紐解けば、江戸の袖ヶ崎や、相州小田原の化け猫屋敷にまつわる、「実話」として流通していた世間話（噂話）などが見いだされる。ここではまず、袖ヶ崎の化け猫屋敷を紹介しよう。

仙台藩江戸詰の医師、工藤周庵（平助）の娘として江戸に生まれた只野真葛（一七六三―一八二五）は、随筆『むかしばなし』に豊富な話題を記録しており、そこには袖ヶ崎屋敷の化け猫騒動にまつわる話も含まれる。(2)「大崎袖ヶ崎屋敷」は、元文二年（一七三七）以降、仙台藩伊達家が下屋敷として使用したものであり、その敷地は現在の「清泉女子大学」構内を含む一帯であった。

袖ヶ崎屋敷の化け猫騒動

真葛の祖父など、仙台藩の人々が袖ヶ崎屋敷の「御殿」や「長屋」などに移り住む際、屋内に石礫が投げ込まれるほか、すでに怪しいことがいろいろ生じていたという。ほかにも、宿直が必ず枕返しされる部屋があり、また、眠るとすぐに灯が消える、蚊帳が落ちるなどする部屋もあった。

あまり妖怪めいているので、昼夜分かたず空筒（空砲）を放ったところ、これを恐れぬ様を見せようとしてか、白昼堂々、大犬ほどの尾の太い赤毛の獣が植え込みの上を走り抜けた。あちこちから鉄砲を撃ったが、ついに仕留めることが適わなかった。そんなある日のこと、長屋の廂に大きな猫が昼寝していた。これを憎く思った人が鉄砲で撃ち殺すと、以降、怪しい出来事は絶えたという。

袖ヶ崎には小鳥が多く、真葛の祖父は鶯《うぐいす》を飼い馴らして愛でていたが、夜中に猫に獲られてしまった。祖父は腹を立てて、父に猫を捕えるよう言いつけた。ところが、三人ばかりで捕まえようとしても、なかなかうまくいかない。黒斑の猫であることは分かったが、柱伝いに天井の筋を渡る、手燭の影になったところを這うなど、普通の猫の動きではなかった。

父がようやく取り押さえると、祖父が「ここへ」と言うので、持って行って固く押さえつけていた。すると祖父は一度だけ、竹篦《しっぺい》(座禅の際などに体を打つ法具)で猫を打ち、「捨てておけ」と言った。見ると、頭の骨が粉々に砕けていたという。このエピソードはいわゆる「化け猫」に関するものではないようだが、袖ヶ崎屋敷に住む人々と猫との関係性を知る上で示唆に富む。

小田原の化け猫屋敷

続けて紹介するのも、「実話」としての体裁を備えたものである。長いのでダイジェストでお届けしたい。

神田花房町(現在の千代田区外神田)で、薬湯(生薬を売りにした湯屋)を営む臼井喜太夫が持つ古写本の中に、化け猫にまつわる話があった。医師の加藤曳尾庵(一七六三―?)は喜太夫からこの写本を借りると、文化八年(一八一一)、自らの随筆『我衣』に書写し終えている。(3)

稲葉美濃守が小田原に居た時のこと。(4)鵜羽山梅庵なる外科医を抱えており、梅庵にはのちに梅軒と名乗る息子の又左衛門がいた。以下、父を「梅庵」、子を「梅軒」とする。さて、父の梅庵は普段、小田原におり、息子の梅軒と母、祖母とは少し離れたところにある母方の先祖、二階堂の下屋敷に住んで田畑を守っていた。

梅軒の祖母は十八年にわたって一匹の猫を飼っており、その歳は四十歳余りにもなる老猫だった。祖母が病気で寝付いていた時、この猫が祖母の枕元で、後ろ足にてシャンと立ち上がるなど、怪しい動きをし始めた。梅軒が見て見ぬ振りをしていると、尾で祖母の様子を探り、そろそろと祖母のもとに近寄った。その時、梅軒が刀で斬りつけると、猫は逃げ去って、それきり行方が知れなかった。

止まぬ家鳴りと踊る御幣

その夜から、縁の下で何者かが地震のように家を揺すること数百回、梅軒はまどろむ暇もなかった。事情を知った梅庵が小田原から一時的に様子を見に来たが、その時も揺れは止まなかった。近所の真言僧に加持を頼むと、僧は御幣や様々な供え物を屋敷のあちこちに配置して祈祷を行なった。祈祷中は揺れが収まっていたが、僧が帰宅すると再び揺れ始めた。夜半、ドッシリ、ザワザワという音がするので何かと思えば、さきほどの御幣が三つに分かれ、その後、一刻半（約三時間）程にわたって踊り続けた。いつの間にか御幣はどこかに消えてしまい、そうこうするうちに夜は明けていた。

梅軒が雪隠（便所）に立った際、ふいに猫が飛び付いてきたので脇差で突こうとするが、逃げられてしまった。また、バラバラと音がするので何かと思えば、行灯に水をかけて火を消そうとする音であった。ある夜は行燈が何度も天井に引き上げられるので、柱に結いつけてしまった。さらには梅軒までもが持ち上げられたりした。

ドッシリという音を立て、納戸のほうから真黒で巨大な何者かが広がり来ることもあった。朝になると、その正体は古い傘であった。また、天井の板からブラリブラリと四尺（約一二一センチメートル）ほどの青い夕顔のようなものが下がってきた。さらには、長さ四尺、頭は六尺（約一八二センチ）四方ほどの、真っ黒で一つ目の顔があらわれた。手は左右にあったが足は見えず、ほどなくして消えた。

猫と、様々な屋敷の怪異

ついに梅軒は、戸口から屋敷に入ろうとする猫を見つけると戸を閉めて捕らえ、縛り上げてしたたかに痛めつけた。体長は七尺五寸（約二二七センチ）、尾の長さは三尺（約九一センチ）もあった。背中の毛が剥げているのは、縁の下で屋敷を揺すっていたからであろう。丹念に打ち殺すと、川へと流した。

その夜、また猫があらわれたが、殺すと違う猫だった。別の夜、寝ている梅軒の胸の上へ一俵ほどの米が飛んできた。隣の部屋には二、三人の農夫が打ち伏していたが、障子を破って逃げていった。障子には貉《むじな》の毛が付いていた。その後は何事も起こらなかった。おそらく、はじめに捕らえた猫は祖母の飼い猫で、次の猫と貉との三匹が申し合わせて、かくの如き事態を引き起こしたものであったろう。梅軒は、最初に御幣が三つに分かれて踊っていたのも、この三匹の仕業であったかと思い至る。

民俗的な思考法において、ある種の動物は霊妙な力を有していると考えられていた。そしてまた、獣が家に上がり込むことは、住人にとって不吉なことだとも考えられていた。しかし、さきほどの写本の内容には、こうした一般的な認識を大きく越えた、化物屋敷めいた多様な怪異が記されている。本書が扱う『丹後変化物語』や、少年が様々な怪異に出くわす『稲生物怪録』ほどではないものの、『我衣』に記された化け猫屋敷もまた、スペクタクルな「化物屋敷」譚のひとつであると言えるだろう。この騒動の際、梅軒がまだ十六歳の若さであったというのもまた興味深い。

〈注〉

（1）日本における猫又や化け猫など、猫の怪異に関しては拙著『世にもふしぎな化け猫騒動』角川ソフィア文庫、二〇二〇年を参照。また、江戸期の猫怪談については以下の論集を参照。横山泰子・早川由美・門脇大・今井秀和・飯倉義之・広坂朋信・鷲羽大介・朴庾卿『〈江戸怪談を読む〉猫の怪』白澤社、二〇一七年。

（2）只野真葛著、中山栄子校注『むかしばなし』平凡社（東洋文庫）、一九八四年、一八〜二一頁。

（3）「我衣」谷川健一編『日本庶民生活史料集成』第十五巻（都市風俗）、三一書房、一九七一年、二二七〜二二九頁。

（4）小田原藩第二代主、稲葉正則（一六二三―一六九六）を指すか。

〈コラム3〉

猪苗代の城化物――亀姫と堀主水

南郷晃子

化物屋敷はしばしば「過去」を必要とする。かつてそこにどのような人間が住んだのか、かつてそこで何があったのか――。そして城ほどその過去が多くの人に知られている場所はないだろう。そこには失脚した城主がおり、血生臭い事件があった。「歴史」と今日言われるその過去は、説話世界において化物の物語とときに接続する。

本コラムでは、猪苗代城に棲む「亀姫」について考えてみたい。亀姫は泉鏡花『天守物語』に姫路城の富姫とともに現れる。富姫はオサカベ姫として近世人気を博した姫路城の化物の容貌を持つが、亀姫は『老媼茶話《ろうおうさわ》』という近世の写本にみえており、近世の作品中で管見に入るのはこの限りである。この正体のはっきりしない亀姫の話が会津の悲劇と結ばれるものと誤読されていった可能性について述べたい。すなわち化物屋敷の母体となる「歴史」ではなく、化物屋敷が、血なまぐさい「歴史」とおのずから接続した可能性について、考えてみたい。

『老媼茶話』「猪苗代の城化物」について

『老媼茶話』は、会津地方を中心に写本で流布した近世後期の奇談集である。後述のようにいくつか写本が存在するが、まずは宮内庁書陵部本を底本とする『近世奇談集成一』所収の『老媼茶話』から「猪苗代の城化物」の概要を現代語に直し引いておきたい[1]。

加藤嘉明、明成父子が会津を治めていた折、猪苗代御城代を堀部主膳がつとめていた。寛永十七年十二月、主膳の前に禿《かむろ》が現れて言った。「汝は長い間この城にいるが城主に御目見えをしていない。急ぎ身を清め、上下《かみしも》を着て来なさい。今日御城主に挨拶をさせよとの上意である。つつしんで城主に御目見えせよ」。主膳は禿をにらみ「ここの城主は主人明成である。城代は主膳である。その外に城主がいるはずはない。憎い奴め」としかった。禿は笑い「姫路のおさかべ姫と猪苗代の亀姫をしらざるや。汝今天運すでに尽果て、又天運のあらたまる時を知らす。猥に過言を咄出す、汝が命数もすでに尽たり」と告げて消失せた。

明くる春正月元朝、主膳が上下を着て広間へ出ると、広間の上段に新しい棺桶があり、側に葬礼の道具が置かれている。その夕方、どこからとも知れず大勢の気配で餅をつく音がした。正月十八日、主膳は雪隠から帰ってくると患い付き、二十日の暁には死んでしまった。

その年の夏、柴崎又左衛門という者が、三本杉の清水の側で、七尺ほどの真黒な大入道が水をくんでいるのを見て斬り付けると、大入道は消えてしまった。しばらくして、八ヶ森に大きな古ムジナの死骸が腐っていたのを猪苗代の木地小屋のものが見付けた。それから何のあやしい事もなかったという。

寛永十七年の猪苗代城代は確かに堀部主膳、会津若松藩主は加藤明成であった。しかし禿は、別に「主人」の「亀姫」がいるという。この禿は亀姫の使い魔か、あるいは化身であったかもしれない。彼女は真の主人が亀姫であると解さない主膳に憤る。先取りされる葬送儀礼は、真の主人の怒りに触れた主膳の死が、すでに決定されたことを示す。果たして主膳は間もなく突然の死を迎える。

「亀」の名は猪苗代城の別名、亀ヶ城から来ている。城そのものが主となり城代に服従をせまっているのである。ここには、城には人間の主とは別に本来の主がいるという視点がある。古ムジナが亀姫の正体であったと言いたげであるが、そんなものに城代、堀部主膳は殺されたと読むのも引っかかる。

堀部主膳について

さて、会津若松藩主の加藤明成は、秀吉の七本槍といわれる加藤嘉明の息子である。嘉明は寛永四年(一六二七)に伊予の松山城から会津若松城へと入り、寛永八年に明成がその跡を継いだ。

亀姫と対峙する城代「堀部主膳」については、『新編会津風土記』巻四九に「加藤氏のとき堀部主膳城代」と記述がある。甲賀市水口図書館所蔵「御系図并譜」にも堀部主膳に「会津ニテ壱万石与ヘ、猪苗代城城代ス」とみえ『老媼茶話』が「禄壱万石」とするのと一致する。(2)「御系図并譜」によると主膳は加藤嘉明の妻の弟で、また水口図書館所蔵「御系譜」には明成の母が「堀部氏女」であるとみえる。つまり堀部主膳は明成の叔父になる。(3)また新井白石の『藩翰譜《はんかんふ》』は、明成の息子の明友、つまりのちの近江水口藩主について、母の身分が低かったかと推測しながら「家人堀部主膳といふ者の子としたりし」とする。(4)真偽は不明だが、(5)主膳は明成の近い身内であり、腹心といえよう。

『老媼茶話』では寛永十八年正月に主膳が他界したことになっているが、その死期はわからない。ただ「御系図并譜」には「落去以前に死す」とあり、(6)「落去」を加藤明成が当地を離れたときとすると、寛永二十年より前になる。

猪苗代城代について

では『老媼茶話』の堀部主膳はなぜ亀姫を怒らせ、あえない最期を迎える人物と造形されるのか。加藤家の資料からは主膳の人物、最期は不明なままである。ただ『老媼茶話』、あるいは同書が成立した環境で、猪苗代城代は厳しい眼差しを向けられていた様子がある。

『老媼茶話』「酸川野《すかわの》幽霊」は酸川野の河原にあった人に祟るとされる灯籠を、猪苗代城代が庭に立てようと持って帰ってしまい、幽霊が追ってくるという話である。恐れた城代は灯籠を元に戻す。この猪苗代城代はいかにも浅慮な人物である。

そして猪苗代城代について注目されるのは『猪苗代町史』の誤記である。同書は猪苗代城代の名を「掘主水」とする。以下引用する。

猪苗代城主であった重臣堀主水《もんど》は加藤嘉明が会津転封を命ぜられると、猪苗代城を預けられ一万三、〇〇〇石を知行し、嘉明の死の間際には主水を呼び寄せ自分の朱印と金の采配を許し諸士の司とした。（中略）「藩翰譜」および「加藤家譜」には四十一歳で領主になった明成が父の意思を無視し一徹で激しい気性が主水を疎遠にし猪苗代城主から鶴ヶ丘城の城詰と替え、父の遺言の家老も主水に与えず意識的に主水を無視した。(7)

堀主水は、加藤嘉明と対立して一族と共に会津を出奔し、最終的に打首になった人物である。『猪苗代町史』は、堀主水が猪苗代城代であったのを、明成が鶴ヶ岡城の城詰に変えたとする。

猪苗代城代が堀部主膳であることは先に確認した通りである。(8) ただ主水と明成の不和をめぐる騒動は、『会津騒動』『伊予名草』といった講談で広がっている。『猪苗代町史』の具体性は、歴史的事実とは別に、堀主水を猪苗代城代とする巷間で語られた「堀主水」の物語があったのでないかと思わせる。

『老媼茶話』と堀主水

「堀主水」については『老媼茶話』にも「堀主水逢女の悪霊」という怪談が含まれ、末部に「并《ならびに》、主水行末」と、この事件の顛末が語られる。ごく簡単にまとめておきたい。

堀主水は、花という女を妾としたが、花は他の男と通じてしまう。主水は花を酷くいたぶった挙句に殺し、その後花は幽霊になる。主水は通りがかりの僧侶により花の怨霊から救われるが、僧侶は「奢をほしいまゝにして人のにくみを得玉は、終りをよくはしたまふまし」と主水に警告を残し去る。

そして「主水の行末」は次のように語られる。

嘉明の死後明成の世になり国は乱れ、家老の堀主水正が諫めていたところ、明成は主水をにくみ「亡父嘉明より主水にゆるし給所の采配を取返」ことを行う。[9] 憤った主水は兄の真鍋小兵衛、多賀井又八と家臣、それぞれの妻子含めて三百人で会津を出奔する。その後、高野山にこもるが、明成に引き渡しになり、兄弟は切腹、主水は首を切られる。

「并《ならびに》、主水行末」は「堀主水逢女の悪霊」に続く話である。つまり主水の悪行とその結果としての怨霊譚が、そのまま主水の悲惨な末路につながっている。[10]

「会津騒動」と呼ばれるこの一件は、実際の所、主水一族が苛烈な処罰を受けたのみでは終わらず、加藤明成も寛永二十年に会津を召し上げになっている。その後明成の子の明友、『藩翰譜』によると堀部主膳の子として育てられた明友は石見藩吉永一万石を領有することになる。主水と明成との凄まじい対立と不幸な最期は、『老媼茶話』で怪談と結びつきながら語られるのである。

東洋大学本『老媼茶話』の「誤写」

あらためて『猪苗代町史』に戻ると『猪苗代町史』は、この猪苗代城代の物語を掘主水の物語として読み取る読み手、聞き手がありえたことを示す。この誤読する読者の存在は『老媼茶話』の写本のひとつにある「誤写」からも浮かぶ。

『老媼茶話』はいくつもの写本を持つ。[11] 宮内庁書陵部本を底本とする『近世奇談集成一』以外に確認できた諸本のうち「猪苗代の城化物」を含むのは東洋大学哲学堂本、帝国文庫本、会津若松市立会津図書館本[12]（三冊本）であるが、それらは全てほぼ同じ内容であった。ただ、東洋大学哲学堂本のみ、城代の名が「堀部主膳」ではなく、「堀主膳」になっている（図コラム3-1）。

この誤写に、哲学堂本の読み手／写し手の視点——亀姫の怒りを買った猪苗代城代の姿と、悲劇的な最後を迎えた堀主水を重ね合わせる眼差し——を読み取るのは、穿ち過ぎだろうか。

堀主水の一件と「猪苗代の城化物」には興味深い符号がある。物語中では亀姫が寛永十七年の十二月に堀部主膳の前に現れ、主膳は翌正月つまり寛永十八年の一月に死去する。そして会津を出奔した堀主水が兄弟とともに捉えられ、首を切られるのは寛永十八年三月のことである。『老媼茶話』の読み手／写し手のあるものにとっては、城の神霊に運命付けられた寛永十八年春の猪苗代城代の死は、「堀部」氏ではなく「堀」氏の物語だと理解されるものだったのではないか。

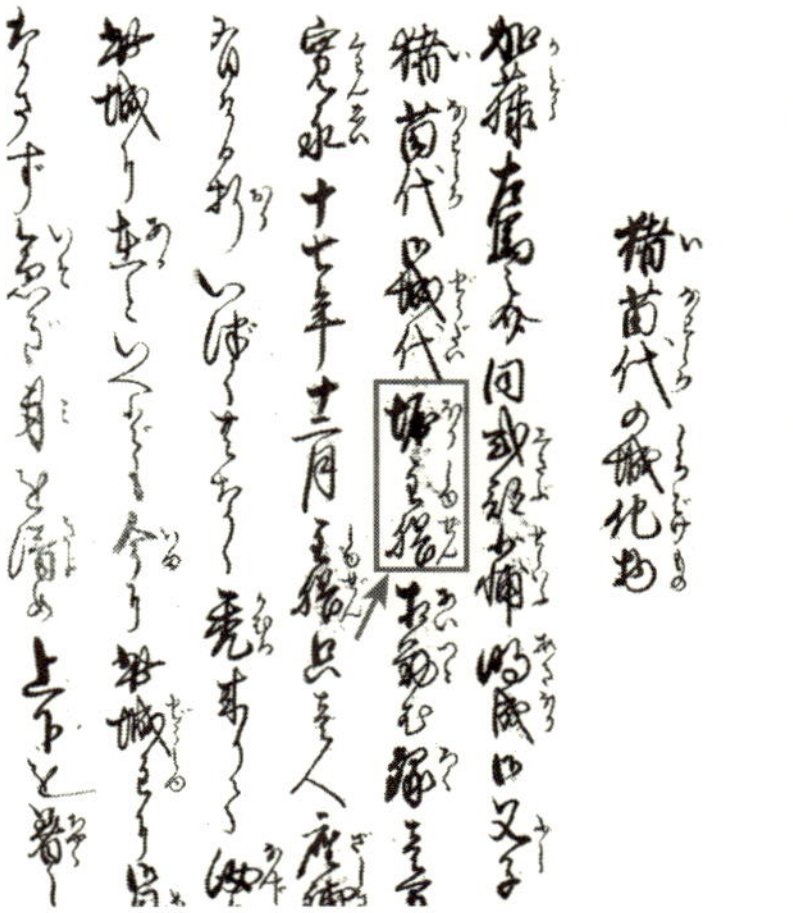

図コラム 3-1　『老媼茶話』
東洋大学哲学堂本、枠線・矢印は私に補足

おわりに

城にはそれぞれの化物がおり[13]、各城はそれぞれの過去に応じた化物を囲う。しかし、人の棲む屋敷の奥底から化物を呼び起こすのは人間である。記された物語を読む人間、あるいは語られる物語を聞く人間が、その知識とともに物語の「意味」を理解することで、また新たな物語が生み出される。城の化物の話は、私たちが思う「歴史」とともに意味を深めていくのである。

〈注〉

（1）『近世奇談集成一（叢書江戸文庫二六）』国書刊行

会、一九九二年。
（2）甲賀市教育委員会、甲賀市史編纂叢書第六集『近江国水口藩加藤家家譜』二〇一〇年。「御系図并譜」には嘉明の弟「加藤内記」の娘が「堀部主膳室」であるともみえる。
（3）甲賀市水口図書館所蔵、享和三年癸亥年九月二十七日被差出「御系譜 坤」。
（4）『藩翰譜』第七下 加藤（『新井白石全集』一、国書刊行会、一九〇五年）
（5）甲賀市水口図書館蔵『御系図并譜』では母は分部氏の娘。
（6）甲賀市水口図書館編。
（7）『猪苗代町史』第三集（歴史編）猪苗代町、一九八二年、二六五〜二六六頁。
（8）寛政元年（一七八九）『会津鑑』の城割には、「堀部主膳一万石」「堀主水三千石」とあり、この石高から考えても主水ではなく主膳が城代だろう（『会津鑑』一、高嶺慶忠編『会津鑑』歴史春秋社、一九八一年所収）。『藩翰譜』、注（2）『加藤家家譜』にも記述はない。
（9）「亡父嘉明より主水にゆるし給所の采配」が『猪苗代町史』では猪苗代城である。
（10）拙稿「花の名を持つ女―むごく殺されるお菊、お花をめぐって」木村武史編『性愛と暴力の神話』晶文社、二〇二二年。
（11）高橋明彦「『老媼茶話』の諸本」日本近世文学会『近世文藝』五六、一九九二年
（12）会津図書館所蔵の『老媼茶話』は上下巻の二冊本と、上中下の三冊本とがあり、「猪苗代の城化物」は三冊本にのみ見える。
（13）拙稿「城をめぐる説話伝承の形成―姫路城を中心として」説話・伝承学会『説話・伝承学』第十四号、二〇〇六年／二本松康弘、中根千絵編『城郭の怪異』三弥井書店、二〇二一年など。

〔謝辞〕本稿の執筆にあたっては、甲賀市水口図書館、東洋大学哲学堂文庫はじめ多くの機関にご助力をいただきました。記して御礼申し上げます。

本研究はJSPS科研費18K12288の助成を受けたものです。

第五章　江戸の化物屋敷

広坂朋信

江戸の化物屋敷といえば岡本綺堂の言葉「これはとても数えきれません。一町内に一軒くらいずつはあったようです。[1]」が思い出される。

江戸は八百八町というから八百くらいの化物屋敷があったことになるが、随筆に小説類の記事を加えても八百には至らないだろう。あるいは『梅翁随筆』にある蜷川相模守の屋敷（千代田区小川町二丁目）のように、何かあったらしく巫女山伏が頻繁に出入りし、以前住んでいた人に「屋敷に何か変わったことはなかったか、気をつけるべきことがあれば内々におうかがいしたい」と使いを立てたとか、という噂ばかりで具体的なことはわからないケースが多かったのかもしれない[2]。

綺堂は化物屋敷の例として牛込（東京都新宿区）にあった旗本・中山家の屋敷が別名・朝顔屋敷と呼ばれていたことを挙げている。これは屋敷内に朝顔が持ち込まれると凶事があるという話で、なんだか化物屋敷らしく感じられない。やはり化物屋敷と言えば何か化物らしいものが出てくれないと格好がつかない。

一、『耳袋』の化物屋敷

南町奉行も勤めた旗本・根岸鎮衛《やすもり》の随筆『耳袋』に「房斎新宅怪談の事」がある。現代の都市伝説「隙間女」の原型と目されることもある話である。

下町で新趣向の菓子を製造販売して大評判となった菓子屋房斎が、文化九年（一八一二）の八月に数寄屋橋外（東京都中央区銀座四丁目・五丁目あたり）に引っ越してきた。新居の二階の引き戸を店の使用人が開けようとしたが、どうしても明かない。知らせを聞いた店主が「そんなに手荒にするな、こわれてしまうじゃないか」と言って戸に手をかけると滞りなく開いた。他の使用人が戸を閉めようとしたときもやはり動かない。このときは力まかせに引いてようやく閉めた。翌朝、またこの戸を開けようとしたがやはり開かないので強引に戸を押すと、戸袋の中から女が一人現れて、使用人につかみかかった。驚きあわてて女を突き飛ばしたところその姿は消えてしまった。その次の日、店主が二階に上がると、前日に現れた女の着物が二階の軒先に広げてあったので、これをとりのけようとすると消えてしまった。(3)

房斎がその後、数寄屋橋の家宅をどうしたのか『耳袋』には書いていない。根岸は「先に住まゐし者も、かゝる怪異ある故、房斎に譲りしならんと、人の語りぬ」としめくくっている。化物屋敷は受け継がれるのである。

化物屋敷はたいてい古屋敷、空き家である。房斎の家も「新宅」とあるが新築ではない。だからこそ「先に住まゐし者」がいたのだ。

『耳袋』には「上杉家明長屋怪異の事」もある。米沢藩上杉家の下屋敷（港区芝白金二丁目）か上屋敷（千代田区霞が関一丁目、現在は法務省敷地）か、聞いたが忘れた、と根岸はとぼけているが中屋敷（港区麻布台一丁目）だろう。

国元から地位の高い武士が江戸に出てきたが、江戸藩邸では彼の地位に見合った長屋（宿舎）を用意できなかった。空き家はあるにはあったが、その長屋に住む者はいろいろと異変があり自殺したり離職したりするといういわくつきの家だった。ところが本人はそこでよいと入居してしまった。すると、ある日の夜、一人の老人が武士の前に現れた。無視していたが飛びかかろうとしたので組み伏せると、「私はここに久しく住んでいる者です。ここに住むのはあなたのためにならない」と脅してきた。武士が叱り飛ばすと老人は「平にお許しを」と言ってかき消えた。

数日後、藩の目付役を名乗る者二名が訪れて、「不届きゆえ厳罰に処すべきところだが切腹するならそれもよしとの殿の仰せである」と申し渡した。武士は切腹の支度をするからしばらくお待ちくださいと言って席を外し、急いで近所に住む藩士たちを呼び寄せて目付役を覗き見させたところ「まったく見覚えがない」とのことだった。そこで召使たちに棒などを持たせて待機させ、自分は座敷に戻り自称目付役二人の素性を問いただした。二人はしらを切ろうとしたが、武士が「偽物であろう、許さぬ」と刀に手をかけると、うろたえて逃げ出した。逃げる二人を抜打ちに切りつけると、正体を顕わしながらも逃げようとしたが待ち構えていた供の者たちに棒でさんざんに打ちのめされ、ほうほうのていで逃げ去った。此の後はたへて右長屋に怪異絶けるとなり。(4)

この話を『耳袋』は「熊本城内狸の事」の次に記している。根岸は似たような話を続けて書き留める癖があったようで、熊本城内の屋敷に住みついていた化け狸の話は「上杉家明長屋怪異の事」と同じタイプ。怪異があるとかねて噂の屋敷に剛勇の士が越してきて、怪異の正体を見破って撃退し万事解決と終わる。典型的な化物屋敷譚である。この熊本城内の屋敷についても「右屋舗は前々より怪異あり」とされて、ここに住んだ者には異変があったと語られている。(5)

怪異が起こる家屋には以前からそのような噂があった、とするのは化物屋敷譚の基本パターンのようである。本書第一章で紹介される『丹後変化物語』も本編は津田氏の化物退治だが、その屋敷に川瀬氏が住んでいたころの前日譚が加えられている。いわく因縁のある土地・家屋であることを語っておくことによって、一つの怪異が他の怪異の前日譚にもなれば後日談にもなる。この呪いの連鎖を暴力的に断ち切るのが化物屋敷譚のスタンダードタイプである。

二、座敷に一つ目小僧

岡本綺堂の『半七捕物帳』には「朝顔屋敷」の他にも化物屋敷の話を取り入れた一編「一つ目小僧」がある。四谷で小鳥を商う野島屋の主人喜右衛門が、旗本らしい武士から、当時流行の高価な鶉《うずら》を買いたいと注文されて、夕方遅くに千駄ヶ谷の屋敷に届けに行く。屋敷は汚れの目立つ古屋敷で、通された座敷で喜右衛門が心細い思いをしながら待っていると、子どもが現れた。

それは十三四歳の茶坊主で、待たせてある喜右衛門に茶でも運んで来たのかと思うと、かれは一向に見向きもしないで、床の間にかけてある紙表具の山水《さんすい》の掛物に手をかけた。それを掛けかえるのかと見ていると、そうでもないらしかった。かれはその掛物を上の方まで巻きあげるかと思うと、手を放してばらばらと落とした。また巻きあげてまた落とした。こうしたことを幾たびも繰り返しているので、喜右衛門も終《しまい》には見かねて声をかけた。

「これ、これ、いつまでもそんなことをしていると、お掛物が損じます。はずすならば、わたくしが手伝ってあげましょう」

「黙っていろ」と、かれは振り返って睨んだ。

喜右衛門はこの時初めてかれの顔を正面から見たのである。茶坊主は左の眼ひとつであった。口は両方の耳のあたりまで裂けて、大きい二本の牙《きば》が白くあらわれていた。薄暗い灯のひかりでこの異形《いぎょう》のものを見せられたときに、五十を越えている喜右衛門も一途《いちず》にあっとおびえて、半分は夢中でそこに倒れてしまった。(6)

気絶しているうちに喜右衛門は高価な鶉を奪われてしまうのだが、半七の捜査によって、この化物屋敷は犯罪グループがこしらえた偽物であることがあばかれる。半七の活躍は綺堂の創作だが、喜右衛門の脅された化物屋敷には元ネタがあることを柴田宵曲が指摘している。(7) 平秩東作《へずつとうさく》の『怪談　老の杖』中の一編「小島屋怪異に逢し話」である。(8)

鳥屋の屋号が野島屋ではなく小島屋であること、屋敷が新宿新屋敷（千駄ヶ谷）ではなく麻布であることなど、いくつかの細かい相違をのぞけば大筋は一致する。大きく異なるのは、喜右衛門の見た一つ目小僧は『半七』では「左の眼ひとつ」としてあるが、『老の杖』では「かの小僧ふり帰りて、だまつて居よ、と云ひけるが、顔を見れば、眼たゞひとつありて」となっている。また、『半七』では喜右衛門は中身がすり替えられたとも知らずに鶉を入れた籠を抱えて四谷の自宅に歩いて帰っているが、『老の杖』では屋敷の侍が呼んでくれた籠に乗せられて自宅まで送り届けられる。

『怪談　老の杖』の「小島屋怪異に逢し話」には気になる趣向がある。一つ目小僧が屋敷の中、座敷に出ていることだ。柳田國男「一目小僧その他」によれば一つ目小僧は「山野に拋り路人を刧《おび》やかす属性を持っていた」(9) のだそうだ。アウトドア派の彼がどうして武家屋敷の座敷に呼ばれたのか。

松浦静山の随筆『甲子夜話』に、武家屋敷に一つ目小僧が出る話がある（『甲子夜話』正篇五一の一三）。出雲松江藩の元藩主松平南海は天井や襖を化物の絵で埋め尽くした部屋を作るほど化物好きで、おまけにかなり奇矯な人物だったようである。

芝高輪の貧しい町医者が往診を頼まれた。医者は断るが強引に駕籠に乗せられ、連れていかれた先は立派な玄関のお屋敷だった。案内された座敷で待っていると、七、八歳くらいの少年が茶を持ってきたが、よく見ると「額に眼一つあり」。ここは化物屋敷かと驚いていると身長が七、八尺（約二四〇センチ）もあろうかという大男が煙草盆を持ってきた。どこかに逃げ道はないかと見回すと容姿端麗な女が神仙のようないでたちで歩いている。やがてここが病人の部屋だと案内された座敷は大勢の人々が酒宴をしており、医者は酔いつぶされてしまった。

高輪の医者の家では妻が心配して待っていたところ、夜明けに戸が叩かれて表に出ると、赤鬼と青鬼の担ぐ籠に乗せられて酔いつぶれた医者が送り届けられた。

この事件は誰言うとなく松平南海が暇つぶしに仕組んだ悪戯だろうとなった。この頃、南海侯の屋舗は大崎にあり高輪は近い。また、一つ目小僧は出雲で生まれた子ども、身の丈八尺の大男は釈迦ヶ嶽という相撲取り、美貌の仙女は瀬川菊之丞（女形を得意とする歌舞伎役者）で、当時南海のお気に入りだったという(10)。

これが雲州侯松平南海の化物振舞だが、町人が武家屋敷に連れ込まれて一つ目小僧に驚かされるという筋書きはもとより、駕籠に乗せられて自宅に送り届けられるところも『怪談　老の杖』と一致する。平秩東作『怪談　老の杖』が宝暦年間（一七五一－一七六四）ころの成立だとして、松平南海の化物振舞は明和の頃（一七六四－一七七二）の出来事[11]だと推定される。そうだとすれば、南海が化物振舞を思いついたときに『怪談　老の杖』を参考にした可能性もありそうに思われる。

南海の化物振舞では、一つ目小僧は「書院と覚しき」座敷に出ている。これは隠居大名のいたずらだからそうなったわけだが、『怪談　老の杖』の一つ目小僧は『半七捕物帳』のトリックと違い本物の妖怪である。『丹後変化物語』の一つ目大入道も、柳田の指摘に反して座敷、それも奥座敷に侵入している。化物振舞で一つ目小僧の次に座敷に顔を出すのは大男だった。南海は『丹後変化物語』も知っていたのかもしれない。

三、池袋の女は池袋の話ではない

綺堂が「江戸の代表的怪談」として挙げる「池袋の女」も化物屋敷怪談のヴァリエーションである。麻布の龍土町（いまの港区六本木七丁目六～八番）にあった内藤紀伊守の下屋敷で怪異が起きた。それを綺堂の父親が直に見たという話である。まずカエルが大発生した。カエルの次は家屋がぐらぐらと揺れ出した。異変が続くので上屋敷の武士たちが出張して不寝番についたところ、屋敷内の天井から小石が落ちてくるようになった。天井裏を捜索しても怪しいものは見つからない。

こういうような怪異のことが、約三月くらい続いているうちに、ふとかの地袋の女ということに気がついて、下屋敷の女たちを厳重に取調べたところが、果して池袋から来ている女中があって、それが出入りの者と密通していたということが知れました。
で、この女中を追い出してしまいますと、まるで嘘のように不思議なことが止んだということです。(12)

これは怪異の原因が「池袋の女」だと想定されたことからそう呼ばれたわけだが、怪異の現象面だけを見るといかにも化物屋敷である。

さて、池袋（豊島区）の女を「江戸の代表的な怪談」と綺堂は言うが、根岸鎮衛の『耳袋』によれば池尻（世田谷区）出身の女が原因だという説もあったらしい（「池尻村の女召仕ふ間舗事」『耳袋』巻之二）。ある屋敷で天井に大石が落ちたような音が鳴り響き、それを手始めに行燈が宙に浮き、茶碗は次の間に飛び、石臼まで垣根を飛び越すなどの怪現象が頻発して化物屋敷状態となった。神主や山伏にお祓いを頼んだが効果はない。その時、ある老人が「若《もし》池尻・池袋辺の女を召仕ひ給はずや」と尋ねたので家中の奉公人に確かめると池尻村出身の女中がいた。彼女を解雇すると怪現象は収まった。「池尻の産神《うぶがみ》は甚《はなはだ》氏子をおしみ給ひて、他へ出て若其女に交りなどなす事あれば、必《かならず》妖怪ありと聞き伝へし」と老人は語った、という話である。

この結末に根岸は次のように書き添えている。「淳直正道を第一にし給へる神明《しんめい》の、氏子をおしみ妖怪をなし給ふといふも、分らぬ事ながら爰《ここ》に記しぬ[13]」、はたして神様がそんなことをするのだろうか理解に苦しむ、と根岸は首をかしげているのだ。

老人は「池尻・池袋辺の女」と言っていて、どちらかに限定してはいない。共通するのは「池」の字の付くことだが、おそらくはそれさえもどうでもよいことなのだろう。

目黒出身者が怪しいとされたこともあった。『梅翁随筆』の「人を抱えて怪有し事[14]」によれば、土手四番町（東京都千代田区富士見二丁目のあたり）の天守番頭、春田三十郎の屋敷で怪事があり、目黒村（東京都目黒区）出身の奉公人を雇っているためだということになり、最近雇った者を順に解雇していったら三、四人目で怪現象は止まった。随筆筆者は最後に「しかれども不審なるは」と書き足している。目黒村の氏神が氏子を外に出すのを惜しむのであれば昔からこうしたことがあってもいいはずなのに、それについての言い伝えも聞いたことがなく、最近になって続発しているのはどうした理由なのだろう、と。

いずれの場合も、〇〇村の女が原因だというのは確かな証拠があってのことではなく、誰かが持ち出した怪しげな言い伝えであり、解雇してみたら怪事が止んだのでそうだったのだろうというにすぎない。だから『耳袋』の根岸鎮衛も『梅翁随筆』の筆者も、なんだか変な話だなと首をかしげたのだ。結局、解雇された〇〇村の女と怪異のあいだに因果関係があったかどうかはわからない。騒動をしずめるために江戸郊外の村出身の女性をスケープゴートにしたという話が「池袋（池尻）の女」なのである。『丹後変化物語』も女中（に化けた狐）を斬って終わる。

〈注〉

(1) 岡本綺堂「江戸の化物」、東雅夫編『江戸の残映　岡本綺堂怪奇随筆傑作選』白澤社、二〇二二年、一〇〇頁。

(2) 『日本随筆大成第二期　11』吉川弘文館、一九七四年、二九頁。

(3) 根岸鎮衛『耳袋（下）』）岩波文庫、一九九一年、二二八頁。広坂による大意。

(4) 根岸、前掲書、三三一〜三三二頁。広坂による大意。

(5) 根岸、前掲書、三二六頁。

(6) 岡本綺堂『半七捕物帳（三）』光文社時代小説文庫、一九八六年、三三九〜三四〇頁。

(7) 柴田宵曲『完本 妖異博物館』角川文庫、二〇二三年、二四〜二五頁。

(8) 『新燕石十種　第五巻』中央公論社、一九八一年、一一〜一二頁。

(9) 『柳田國男全集6』ちくま文庫、一九八九年、二二一頁。

(10) 松浦静山『甲子夜話3』平凡社東洋文庫、一九七八年、二〇〜二三頁。広坂による大意。

(11) 化物振舞の行なわれた時期については今井秀和氏（共立女子大学）のご教示による。

(12) 岡本綺堂「江戸の化物」、東前掲書、九二頁。

(13) 根岸鎮衛『耳袋（上）』岩波文庫、一九九一年、二七一〜二七二頁。

(14) 『日本随筆大成第二期　11』吉川弘文館、一九七四年、六二一〜六二三頁。

執筆者紹介（執筆順）

氷厘亭氷泉（こおりんてい ひょーせん）　**第一章**

千葉県生まれ。イラストレーター。妖怪に関する活動は日刊の『和漢百魅缶』や『妖界東西新聞』他、『大佐用』を毎月２回公開中。
著書に『日本怪異妖怪事典 関東』（笠間書院）、共著に『列伝体 妖怪学前史』（勉誠出版）、『広益体 妖怪普及史』（勉誠社）など。

江藤 学（えとう がく）　**コラム1**

京都府生まれ。京都府北部を中心に府内の妖怪伝承を収集している。ブログ『丹波・丹後の妖怪あつめ』にて京都府北部の妖怪を紹介中。

今井秀和（いまい ひでかず）　**第二章、第四章**

東京都生まれ。博士（文学）。専攻は日本近世文学、民俗学、比較文化論。共立女子大学文芸学部准教授。
著書に『天狗にさらわれた少年　抄訳仙境異聞』（訳・解説、角川書店）、『異世界と転生の江戸――平田篤胤と松浦静山』（白澤社）。共著に『〈江戸怪談を読む〉皿屋敷』（白澤社）、共編著に『怪異を歩く』（青弓社）など。

三浦達尋（みうら たつひろ）　**第三章**

福島県生まれ。東北大学文学部卒、同大学大学院情報科学研究科博士前期課程修了。
主な論文に、「近世怪異小説における「ろくろ首」の登場―『曾呂利物語』と『諸国百物語』の比較を通して―」（『ナラティヴ・メディア研究』第３号、ナラティヴ・メディア研究会）など。

鷲羽大介（わしゅう だいすけ）　**コラム2**

岩手県釜石市生まれ。「せんだい文学塾」代表。
著書に、『暗獄怪談 憑かれた話』『暗獄怪談 或る男の死』『暗獄怪談 我が名は死神』（竹書房怪談 HO 文庫）、『〈江戸怪談を読む〉猫の怪』『〈江戸怪談を読む〉皿屋敷――幽霊お菊と皿と井戸』（共著、白澤社）など。

南郷晃子（なんごう こうこ）　**コラム3**

神戸大学大学院総合人間科学研究科博士課程後期課程修了。博士（学術）。桃山学院大学国際教養学部准教授。
編著書に、『人はなぜ〈ミュトス〉を語るのか：拡大する世界と〈地〉の物語』（共編、文学通信）、「奇談と武家家伝――雷になった松江藩家老について」（東アジア恠異学会編『怪異学講義』勉誠出版）、など。

広坂朋信（ひろさか とものぶ）　**第五章**

東京都生まれ。東洋大学文学部卒。編集者・ライター。
主な著書に、『東京怪談ディテクション』（希林館・絶版）、共著に『〈江戸怪談を読む〉死霊解脱物語聞書』『〈江戸怪談を読む〉実録四谷怪談』（白澤社）など。

〈江戸怪談《えどかいだん》を読《よ》む〉
丹後変化物語《たんごへんげものがたり》と化物屋敷《ばけものやしき》

2024年9月20日　第一版第一刷発行

著　者　氷厘亭氷泉・江藤 学・今井秀和・三浦達尋・
鷲羽大介・南郷晃子・広坂朋信

発　行　有限会社 白澤社《はくたくしゃ》
〒112-0014　東京都文京区関口1-29-6　松崎ビル2F
電話 03-5155-2615／FAX03-5155-2616／E-mail：hakutaku@nifty.com
https://hakutakusha.co.jp/

発　売　株式会社 現代書館
〒102-0072　東京都千代田区飯田橋3-2-5
電話　03-3221-1321㈹／FAX　03-3262-5906

装　幀　装丁屋 KICHIBE
印　刷　モリモト印刷株式会社
用　紙　株式会社市瀬
製　本　鶴亀製本株式会社

ISBN978-4-7684-8003-8